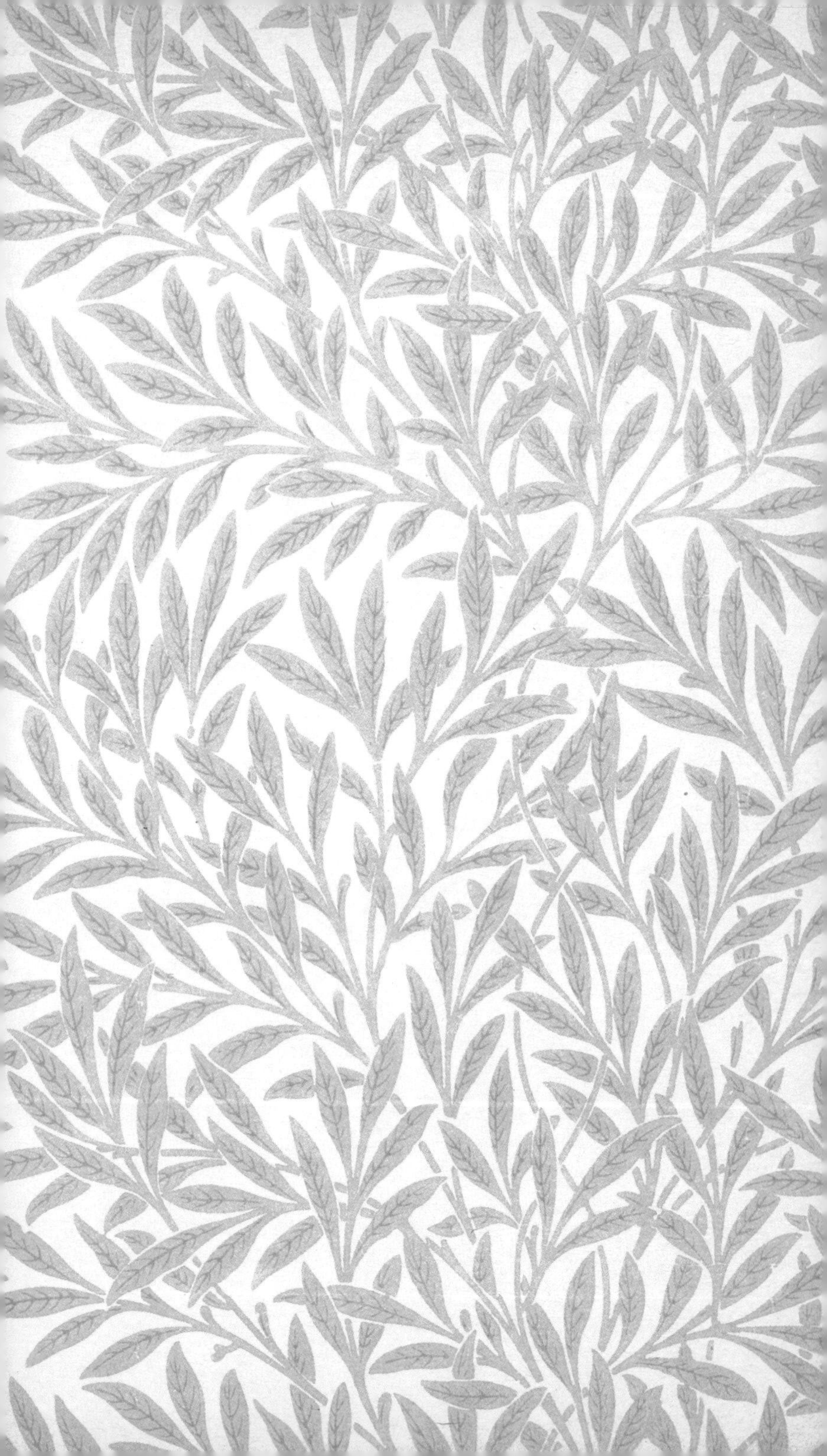

三民叢刊178

時間的通道

簡宛著

三民書局印行

年少與年長——代序

年少時，往往對年長者的成熟與智慧，充滿了欽佩與羨慕，對自己也有一份「大丈夫當若是也」的憧憬和期許。待自己年長，回首來處，反倒欣賞起少年時的清純、敏銳與狂放，甚至還有些許羨慕那年少的「多元潛能(omnipotent)」，好像沒有什麼事是做不到的。人生好比漏斗流水，起初是無限的寬廣，年紀愈大，路子愈走愈窄，最後對自己說：「這輩子能做好一件事，便心滿意足了。」是一種自知的智慧，何嘗不也是一種時不我予的安慰？

近讀簡宛將在三民書局出版的《時間的通道》一書，竟引起不少以上的感觸。

本書收集的多是簡宛年少時的散文，從初為人母、初履異鄉，到文化衝擊、育兒成長，文字極為清新，心靈極為敏銳，對愛充滿執著，取材於生活，寫之於生活，有摸索，也有獲得，海外留學的過來人，讀來必然會心。譬如〈哥兒倆〉一篇，對東西文化以小喻大，值得傳誦。幾篇描寫幼兒極為感人，也未嘗不是作者自己內心寫照，〈迷途的羔羊〉寫長兒在異國的失落，不也是作者自己的感傷？〈地上的雲〉寫次兒的天真，作者走出文化衝擊的陰霾，欣賞「異國情調」。到寫〈古樹〉一文，父母與成年子女，讀後都會深受感動。全書充分表達出年少的真性、真情與敏感，以及入世未深的清新。

熟悉簡宛作品的讀者，一定感受到這些作品與近年作風之不同，簡宛近年來，將文學與教育交融，獨樹一格。早期作品的特色是「愛與生活」，近期則為「愛與學習」，合在一起，巧妙地編織成她的暢銷譯著《愛、生活與學習》，也是她個人由年少到年長的寫照。

筆者是簡宛生活在一起的長期讀者，偶而也出現在她的文章裡，做一個著墨不多的「男配角」，生活上參與了她的思想和成長，因此對作品內容的背景與心情，比一般讀者了解略多。

總的來說，我們是非常幸運的一代，五十年的和平世界，允許我們平安成長，並且成長在不同的文化裡，兩種文化雖有衝突，但沒有抗爭，讓我們有機會平心靜氣地觀察、體會，甚至享受。老一代沒有這份奢侈，下一代沒有這個必要，從前人稱留學生是「無根的一代」、「失落的一代」，未免太過悲觀，我們應該屬於「橋樑的一代」，像簡宛，像不少學者和作家，不都是溝通的橋樑嗎？

個人方面，在西方社會裡我們還有許多無知，還有摸索的樂趣；回到東方，我們過去的認知，已顯得落伍，因此又充滿了新奇。沐浴在文化的「三溫暖」裡，我們雖然年歲日長，心情上反而繼續享受著年少的好奇，以及學習的驚喜。

「其實我們年齡差不多。」

我同兩位兒子說，他們愕然以對。

「我只是一位將近三十歲的『美國人』，不是跟你們差不多嗎？」

他們莞爾。

「不過，我比你們多做了一位三十歲的『中國人』。」

他們好生羨慕。

一九九八年北卡嘉麗

時間的通道

◇目次◇

再見!小屋

我們突然躑躅不前了,去或者不去一直困擾著我們,站在雨中,細細的雨,打在臉上,沾在睫上,眼前穿梭的盡是忙碌的人群和來往的車輛,寬廣的馬路令我們有陌生的感覺,原來那一排小店拆除了,路面也拓寬鋪平了,世界總是會變的,而臺北市亦以不斷的翻修、拆建來象徵它的進步,可不知我們曾擁有過的小屋,是否已改建成大廈?抑或仍保有它的純樸和小巧?

該有一年多了,自從遷至大度山後,時時盤旋在我們思維中的就是那一座小屋,位於市區與郊區的交界,於是能擁有鮮明的綠地而沒有太多的喧鬧，也許因為那是我們第一個家，蘊藏了太多我們的以及朋友們的笑聲，因此，想念時只覺得那麼令人懷念，而忘卻了它也曾帶給我們的不快。

第一次看到那小屋，我就喜愛上了它，特別是看多了那火柴盒似的公寓房子，對於那獨門獨院以及綠意盈盈的院子更加珍愛，也許房東看出了我們的心意，在一旁又吹噓起來，下雨不漏水，颱風不淹水，設備齊全，而且，他悄聲說，「鄰居都很友好，不用擔心闖空門」，沒有經過太多的考慮，我們就決定租下來，做為我們新婚的愛巢。

那是一座佔地只有廿多坪的建築，院子就占了一大半，其他分配成大小不等的二房二廳，及廚廁浴室，因此每間都小小的，非常袖珍，擺上家具後更顯得行動不便，好在我們倆都是瘦子，他還解嘲式的說，「這樣好，不用買太多家具」。

結婚後我們即去度蜜月，為了家鄉的規矩，新房不可空床，於是妹妹們及阿婆就來為我們「暖床」，那時正是颱風季節，臺北雨量特多，等我們逍遙遊歸來之後，住了七天的阿婆對我們的房子有了深刻的了解，因此大大的挑剔起來，房間小不說，廚房卻大而無當，飯廳的天花板會漏水，排水溝會堵水……。我們笑笑，並不當一回事，他還說：「怎麼臺北下那麼大雨？日月潭天氣可好得很！」妹妹笑說：「你們在度蜜月嘛！雨天也成了艷陽天了。」大家哈哈大笑也就過去了。

誰知送走他們後，雨又開始下了，我們倆站在廚房裡不知該先洗米還是先洗菜？等到一滴雨水滴到鍋裡時，才警覺到廚房也漏水，天，新房漏水！「怎辦？」我問他，「算了，我們吃館子去吧！明天再開始。」「不是啦，房子漏水怎辦？」我瞪他一眼。「這點雨算什麼？妳放心好了。」他向來有不可救藥的樂觀，但願吉人天相，我們打了傘就到附近館子把晚飯解決了，順便還看了場電影，等走出電影院時，外面正下著滂沱大雨，叫了車子回到家時，巷子兩旁已有水漫出來，我們踮了腳衝進屋裡，心裡可暗叫不妙！

打開房門，臥室及客廳倒安然無恙，先定了心，趕到飯廳一看，喝！簡直漏得像篩子，我正心疼那雪白的冰箱，他已把袖子捲起，動手拔下插頭，蓋上油布，然而雨仍不停的傾盆而下，而廚房的排水溝開始有水湧進來，我嚇得直發抖，眼淚就不爭氣的流下來了，「沒關係，妳去睡，我來應付。」他安慰我，把我擁到臥房，要我先睡，我就那麼眼睜睜的任那嘩啦啦的雨聲打在我心上。

午夜從一場惡夢中醒來，才發覺他一直在忙著「治水」，心想才在禮壇上宣過誓，一起同甘共苦，共創人生，怎麼好自己高枕無憂？趕忙爬起來，腳才落地，糟，冷冰冰地，再一看，直冷到心底，原來水已進到臥室了，我嚇得大叫，他跑過來，喝住我：「就坐在床上別下來，睡得暖暖的，一會兒受涼我可不管！」「可是——」我支吾著，「別可是了，快把腳擦乾，雨已經小了，不要緊的。」他安慰著我，從臥房看出去，客廳的家具都架到桌子上，「想不到小屋竟以這種奇特的方式歡迎我們回來，也算是考驗我的能力了。」「你還有心情說笑話呢！」我瞪了他一眼，但是說也奇怪，我那一份恐懼在他的鎮靜下，已不復存在了，我就那麼坐著，聽雨聲的淅瀝，盼東方的曙光。

第二天，打開大門，院子裡的玫瑰、雛菊、美人蕉……全軍覆沒，再看巷子，一片水鄉澤國，原來受害的不只我們一家，打開收音機，才知道敦化路、仁愛路、八德路……都遭了殃，有的還淹至二樓呢！至少倒楣的不止我們，心裡也好過了些，這是種什麼心理呢？希望與人同樂，卻也不忘與人同難，比起范仲淹的「先天下之憂而憂，後天下之樂而樂」的境界，畢竟還差一大段距離。

水退後第一個閃入腦中的是「搬家」。再住下去，豈不成天擔心，尤其臺北雨季又長，以後看了烏雲就心跳，聽到打雷就緊張，怎麼得了，可是預付了三個月的房租以及伍千元的押租豈不泡了湯？只好先找房東把屋頂修好，搬家，慢慢再說吧！

接著幾天的晴天，院子裡又恢復了綠意，雖沒花，草卻長得很茂盛，夜晚寂靜的巷子，受不到車聲、牌聲的干擾，尤其方便的是離我執教的學校又近，每天中午可以享受熱熱的午飯和片刻的小睡，這種舒服加上天生的懶性，慢慢地，把搬家的事忘得一乾二淨了。

朋友們聽到我們受難，紛紛來探望我們，我們就搶著加油添醋的描繪一番，牆上進水的痕跡，像古蹟般被欣賞著，畢竟是年輕，大家大喊「過癮！過癮！」有人還叫「生命！」好像頗為羡慕我們有驚無險而富刺激的經歷，只有站在一旁的劉大不以為然，「這有什麼了不起，我宿舍的床都淹上了，衣服全泡了水！」我們看看他身上穿的卡其褲短至足踝，襯衫的袖子又奇長，「怎麼回事？」大家問他，「我睡著了嘛！」天！這種人。

那時，郭、羅剛從夏大回來，為了表示歡迎，也為了表示我們初為戶長的威風，於是大宴諸友，席開一桌，雖然到的有十六人之多，仍以只擺得下一張桌子為由擠下了，我的菜是前一天回家向母親現學的，心中不免忐忑不安，怕被拆穿，但老友畢竟是老友，一疊聲讚好，好香、好美、好能幹，可就沒人說好吃，我說，「怎麼了，你們都不誇獎一聲，我們可忙了一整天！」大家還沒響，先生卻說話了，「太太，菜是棒極了，沒話說，可是閣下打翻鹽罐子，妳沒看汽水已吃了一打。」在哄堂大笑中，我自我解嘲的說，「那麼多喝汽水吧！」

那晚一直鬧至午夜，劉喝得微醺，初露心語，大談他的女友，還打著酒嗝說那張雀斑臉多迷人，吳用夾著上海音的臺語唱了二十分鐘才把「望春風」唱完，丁卻談他下午在手術房為病人割盲腸，說在病人肚子裡找到一把箝子，趕忙拿出來，可是匆忙之下又把剪刀縫在裡面了，「簡直吹牛嘛！」李笑得眼淚都出來了，姚太太捧著她的大肚子一直求饒，「別再講了，我的娃娃要被你們逗出來了。」丁馬上說，「沒關係，我是現成的大夫，這次一定記住不要把剪刀放進去。」

就這樣小屋成了朋友們的聚會所，每二週一次的定期聚會外，常常有人半夜裡來按電鈴，把我們從床上挖起來聽他「蓋」老半天，把心裡的喜怒哀樂發洩完了才盡興而去，而劉常在晚飯前從菜場收購一大堆菜，來示範給我看，別看他是「男生」，手藝可不含糊，只是做他的善後工作最難，起碼要花一倍以上的時間去收拾殘局，但是他的菜實在令人垂涎。

呂喜歡騎他那部紅色的野馬，在門口大放煙霧，大門一開，他就直衝進來，我好擔心輾死了我的小花，但他卻不偏不倚的停在水泥地上，「我今天胃不好，吃麵包，」他把一大袋麵包交給我們，「我做一樣東西請你們品嘗品嘗」，再一看，三隻大螃蟹，「你的胃……」我指指他，「哦！沒關係，螃蟹是治胃痛的。」他說。

當然，我們也討論過問題，譬如城市與鄉村的兒童在性向及反應上的差異，我們還到許多小學去做抽樣調查，又討論如何把科學觀念打入日常生活中，用平易而簡顯的例子介紹給讀者，甚至到底該為結婚而結婚，抑或為戀愛而結婚大展舌爭……我們這一群所學包括理、農、文、法、工、商的朋友，鬧起來可以忘了自己的年齡，一談起自己的原則、理想、抱負，可又頭頭是道，使彼此對外行不會有「隔行如隔山之感」。

日子在一種滿足而歡樂中過去了，當沒有朋友來訪的夜晚，我們喜歡在燈下看書、下棋，或聽唱片，有時在星光燦爛的深夜，我們會攜手在寂靜而寬闊的仁愛路散步，那兩排高大的椰子樹，那燈光下的復旦橋，像夢般的婆娑在我心裡，只有深夜時的臺北市，才能使人領略它的美，以及它洗去鉛華後的真。

「喂！妳在發什麼愣？」他拉了我一把，才發現差點踩到水窪裡，原來，前面的空地又在大興土木了，記得以前我上菜場時，總喜歡走過那一片空地，而不願走那熙攘的大街，那片空蕩蕩的土地，常帶給我一個很舒暢的早晨，慢慢的走著，晨曦中一片片暖暖的光擁著你，使你感到活著是一件多麼好的事，活著而又被愛著更是令人欣悅，一路的想著這些問題，而忘了菜場的髒和亂，忘了女人在論斤計兩時的貪婪。而今，空地要起大樓了，又有股悵然升起，「到底要不要去呢？」我再次的問他，記得朋友們提起，那裡地段太好了，已有好多加蓋高樓，以盡地利，是否小屋也免不了這種命運，那些院子裡的花呢？夾竹桃呢？都將壓在重重的鋼筋水泥之下了？

「我們就走到這裡算了。」我說，他並沒表示訝異，我們曾那麼堅定的說，「下次到臺北，一定去看看我們的小屋！」而我們來了，卻停在一堆水泥和細沙前，舉步不前，是否他也和我有一樣的想法，怕去面對那陌生而匠氣的高樓？前面一排排的公寓，黃昏後初起的燈光從一格格的窗子射出來，夾雜著電視的廣告聲、胡琴聲、洗牌聲，「刷！」一聲，一輛飛駛而過的汽車，揚起了濃濃的煙霧，濺了我滿腳冷冷的雨水，這是個何其陌生的世界呀，必須小心的呼吸，深怕吸入太多的空氣塵，必須小心的走路，即使不走路時也會弄得你一腳的泥！而我們，我們在找什麼呢？找那躲在大廈後的小屋？找那昔日把酒話舊的老友，小屋在那裡呢？是否依然如昔？友好們卻已星散了，劉去了紐約，郭、羅又再度離臺去了明州，呂去了夏大，梁去了德州……彷彿在小屋慶祝週年紀念的歡樂猶在眼前，那一屋子的友愛，一屋子的花和賀卡，以及那摻著汽水的啤酒，那掀頂的笑聲，那無涯的快樂，而老友已散，小屋已遠，世界畢竟沒有不散的筵席，誰知道明年我們又將在何處呢？且讓我們就保有那份記憶吧！即使小屋已改，活在我們心裡的仍是那有深深的院子，有小小的屋宇，有過驚、有過喜、有過笑聲和狂語的小屋，即使老友們已星散，但支持我們跨過失望，追向理想的，仍是那烙在思維裡的友愛，就讓它們永遠活在我們的懷念裡吧！

走出風中

從圖書館出來，暮色正緩緩的伸向蒼茫，山風從遠遠的林中圍過來，穿透了層層的衣服，穿透了皮膚，我拉起大衣的領子，恨不得整個人縮進去，怎麼今年冷得這麼徹骨？

一腦子的古典，被寒風一吹就回到了現代，真想就永遠守在那小小的圖書室，摸那一排排的書，薰那淡淡的書香，尤其偏愛那靠窗的小角落，對著窗外一片廣大的草地，偶爾幾隻小鳥在冬日的下午，閒閒的唱著。當春天來時，在那片盈盈的綠茵上打滾，聽鳥叫，看藍天，一定很舒服，而春天在何方？躲在那厚厚的落葉底下嗎？

在冬日裡企盼春天的來臨，是否人類的通病呢？我不知道，我總是匆匆忙忙的趕著日子向前跑，被理想、野心、慾望追趕著，無暇停下來細想，更無暇欣賞那沿途的風景，從小忙著一連串的考試，上了初中忙考高中，上了高中又努力要擠向那大學的窄門，等進了大學後呢？前面更有無盡的慾望和野心誘引你，向前跑，跑向那所謂的光明前途，於是什麼也不用想，也不用看了，事實上也無時間想和看，補英文、考ＴＯＦＥＬ、填表格……滿腦子的夢，反正人生就那麼回事，把腦袋想尖了也想不出個所以然來。

於是日子就這麼被翻過去，翻過了二十多個春日，然而我仍然是我，我一次也沒在草地上打過滾，享受過春光的和煦，曾擁有過多少可貴的時光，卻任它們無聲的溜走，直到有一天，在街上看到了一張張純淨而晶瑩的臉，那飽滿的前額，那清澈的眼神，那青春的氣息，在她們身上，我才意識到時光的逝去究竟使自己失去了什麼？驚覺中，努力的想搜索一件足以自慰而證明沒有「白活過」的事跡，然而，除了那四年的成績單，還有什麼能證明自己的存在到底有多少意義？而那白紙黑字的成績單又代表什麼呢？

風號得更響了，它肆虐的撥亂了我的頭髮，但是我仍盼望著上圖書館的日子，在做了主婦，遠離了書本之後，才感到那份對知識的渴望。每次，總貪婪的抱回一大堆書，恨不能一起吞噬下去，是想填補那片空白的時光嗎？然而，一天只有二十四小時，而同樣的生活，無數的責任等著妳，剩下來的，又有多少時間能做自己心愛的事呢？

帶著一種無奈的心情，穿過那片林地，地上的落葉被我踩得疏疏作響，漸漸地，我平息了心中的情緒，專心傾聽那沙沙的腳步聲，輕輕的，柔柔的在我心底構成了一首優美的小詩，怎麼我從沒發現這種古老而純樸的感受呢？是否我又忽略了眼前的責任，以及所擁有的世界呢？我總是嚮往著落葉下面的草地，當春天來時該有多綠？多美？卻忽略了這層層的落葉所孕育著的，不也是另一種美？另一種境界？

也許，我想得太多，而做得太少了，落葉可曾抱怨過它被踩在地上的命運，做為一個人，為什麼卻老愛逃避他的世界呢？活著，除了讀書，做事，野心，慾望……還有許許多多的責任要盡，想那麼多做什麼？徒增頭上的白髮，心底的愁緒罷了！算了，我挾緊了腋下的書，好歹晚上好好看點書，也許明天風就停了呢！而春天，不待妳企盼，不等妳呼喊，終將翩然降臨人間的。

壯行千里路

離開美國的首都——華盛頓特別行政區，還來不及細嚼白宮的莊嚴，林肯紀念塔的肅穆，整個心已飛到了俄亥俄州，與蓉蓉相見時的歡樂了，五年不見，她仍是艷麗如昔？還是被奶油、麵包，塞得漲漲地？哦！還得開十小時的車，可真等不及哩！

出了馬利蘭州，轉上了賓州的高速公路，沿途山脈綿延，不見屋舍，正午的陽光像一個大火盆，直直的罩下來，兒子又唱又叫之後，終於累得躺在後座打鼾了，這一路虧他合作，沒吵、沒鬧，除了偶爾發出命令「爸爸小心開車」之外，倒真難得那麼「講理」呢？

車子以時速七十哩的高速飛奔著，手捧著地圖，認標指路，責任重大，雖然眼皮一直往下搭，可不敢闔上，萬一我睡著了，他一個人沒人搭訕，也睡著了，那，可不好玩。

強打起精神，沒話找話說：

「你說蓉蓉看到我們會不會高興得大叫。」

「豈止叫，大概要來個擁抱了。」

他知道我和蓉蓉的交情，常笑我們在臺灣時，每次見面都會把「女孩子那些瘋顛都表演出來」。

但是，五年了，豈止不再是女孩子，都做了母親了呢！那年在松山機場送她時，一把鼻涕，一把眼淚，總以為這一生再也沒機會相見了，誰知我來了美國，他們也由加拿大搬到美國，雖路隔了近千哩，也難阻相聚之心呢！

「許多人到了美國後都變了，有人變得現實，有人變得消極，五年，對一個人的影響、塑造，不可說沒有。」我像自語，又像在找他給我一點意見。

「也不能以偏概全，一個人的改變，個性與環境都很有關係。」

「但是露露變得那麼多，可非我始料所及。」

想起露露可真令我難過，巴巴地跑去看她，卻沒想到四年的時間，她竟改頭換面，幾乎變了一個人。

「妳看我們的房子怎樣？花了四萬塊買來的。」

見了面，不問我們旅途累不累？先談起房子了。

「是不錯，」我看看那白色的牆，綠色的草地，跟著她走入屋內，「不過，兩個人住實在太大了。」

「大？」她別了一下嘴，「我還嫌小呢？將來孩子的遊戲室、臥房、書房，我們的起坐間，再兩間房還差不多。」

這下我才注意到她微隆起的肚子，興奮的問著她：

「預產期在那一個月？」

「唉，別提了，根本不想生孩子的，他自己卻跑來了，累贅死了。」

她轉身打開冰箱，放了兩塊冰塊在杯子裡，倒了一杯果汁，喝了一大口。

「我可不招呼妳，妳要什麼自己拿，我最討厭中國人那種敬茶奉煙的虛偽作風了。」

我伸了一個懶腰，這下才感到坐了五小時的車，是一件相當累人的事了。

晚飯是我和陸先生做的，因為露露怕油煙，她坐在客廳逗我的孩子，一邊有一搭沒一搭的和我先生閒談。

「你們要回國？我才不，回去做什麼？吃不飽餓不死。」她說著就走向我：「嗨，簡，妳真的會贊成他回國？」

「露露，不要人家才來就把妳那套搬出來，」一直沉默著的陸先生開了口，「妳是已經麻木了。」

我笑笑沒有說什麼，我又能說什麼呢？那個又乖又靜的露露，那個上課愛跟我傳紙條的露露，怎麼一下子，我竟找不到話對她說了。

第二天，我們開了車，就在附近轉轉，因為露露不能坐太久的車子，而陸先生要剪草、刷房子。

「真是抱歉不能帶你們玩，因為難得一個週末，一上了班又沒時間弄了。」

「露露倒是把先生管得死死的，你猜她說什麼？買一棟房子給他忙，他就沒有時間想別的事了。」

「哈哈！倒是好主意。」他大笑起來。

「小心開車，」我阻止他笑下去，「不過我懷疑他們那種生活有點像在荒島上，又不和中國人來往，又打不進老美的生活圈子，有什麼意思，陸先生有那麼好的才華，不覺得委屈嗎？」

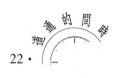

「妳別杞人憂天了，這叫酸葡萄主義，吃不到葡萄說……」

「哼！」我氣起來了，「給我個房子我還不要呢，叫我做房子的奴隸，整天洗呀！刷呀！生活有什麼意思，才不幹呢！」

「嗯！好，相當阿Q。」

我不理他了，車子在高速公路上飛奔著，穿過了賓州的西南境，綿亙不盡的阿帕拉契山系，構成了賓州多山的景觀，也造成了匹茲堡鋼鐵城的富裕。那重巒相疊，群山環抱的山谷，令人有一種西出陽關無故人的落寞。

一入了俄亥俄州界，中西部一望無垠的大平原，伸展著臂彎，擁向了你，「歡迎到俄亥俄州」，高速公路上掛著巨大的招牌及「清醒或死亡」的警告標語。

我趕快側過頭去看他，喝！不看猶可，一看嚇住了。

「喂，不要命了，你已經開到時速一百了。」

「這麼平坦的平原，真使人有飛奔的衝動。」

「別在那裡得意忘形了，等一下警車跟著來，罰你十五塊可不好玩。」

「女人一想到跟錢有關的事，馬上就輕鬆不起來了。」

這個人今天怎麼了，吃了生米飯？

路上的景色很單調，除了一大片的玉米田外，就是加油站和小旅館了，有人說高速公路把開車的樂趣全剝奪光了，因為全是平坦垂直的公路，沒有紅綠燈，也沒有稻田茅舍的小鎮風光，除了加油站就是Howard Jonsones汽車旅館，全美一致。

看累了玉米田，聽煩了車中收音機Tom Jones的歌聲，終於靠在椅背上睡著了，夢中有如浪的麥田，也有露露疲倦的笑容……

朦朧中睜開眼，暮色已濃，他正把車子停在路邊一個小加油站加油，捲開車窗，陣陣洋蔥的香味吹來，才記得還沒吃晚飯，看看手錶已快九點，(北半球的夏天，通常到九、十點才真正天黑。) 肚子也跟著叫起來了，兒子吵著要吃「哈寶哥」(Hamburger)，想到一路吃那玩意兒，早已倒了胃口，但兒子百吃不厭，而且胃口奇佳，這年頭兒，兒子第一，做老子的快速跑到加油站附近的小店，買了五個「哈寶哥」，看他們父子那副餓虎撲羊的吃相，我只好湊湊興，勉強吃了半個。

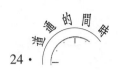

一出了俄州的高速公路，馬上撥了電話過去，即使隔著電話，仍聽得出那一片歡呼。

「等著我們，十分鐘就到，我們馬上開車去接你們。」

沒等車子停穩，蓉蓉已經跳下了車，拉著我的手歡呼，歲月沒有帶走她的活潑，奮鬥的時光也沒在她臉上刻下滄桑，如今苦盡甘來，笑聲更為輕盈。

「怎麼還那麼瘦！」見面第一句話。

「妳看我這張臉，圓嘟嘟地，東西都不敢吃了。」

「別愁，還是那麼漂亮，我想像中妳的腰圍至少四十，如今看樣子不到三十嘛。」我可說的是真心話。

「別把我想像成那麼可怕好吧！沒妳苗條，可是腰還頂細的，哈……」她不好再自吹自擂了。

一到了家，又是擔擔麵，又是酒，又是點心，雖嚷著累，卻更忍不住久別重逢的愉快，聊個通宵是少不了的。

蓉蓉在友輩中向來以能幹、美麗著稱，如今雖有了兩個孩子，仍美豔不減當年，而難得的是一個家整理得明窗淨几，有條不紊，她先生在多力多醫學院任教，是一位踏實苦幹的科學家。

「總算熬過來了。」

她看著我感嘆的說：

「人人以為出了國就身價百倍，遍地黃金，想想我們頭兩年的日子，沒有人能想像的。」她喝了口茶又說：「我們住在只有一個房間的公寓，臥房、客廳，全在一起，廚房共用，冰箱只分到四分之一，那時孩子小，光放牛乳就滿了，肉只好每天買一點，那時沒車，好在菜場不遠，步行十分鐘就到了。」

我完全能了解那種情況，有多少留學生為了吃不了苦就輟學打工去了，多少丈夫受不了太太的抱怨、叫窮而半路出家棄學去就業，古云「學貴有恆」，要堅持一個原則，一個理想，在這到處是物質引誘的國家，真非易事呢！

「我們沒有娛樂，唯一的消遣是週末全家去散步，到公園曬太陽，他是書呆子，除了家就是實驗室，樂此不疲，即使現在可以喘一口氣了，他仍每晚回實驗室工作。」

兩位先生是同行，正談得起勁。男人的娛樂是他們自己的工作，特別是有興趣的工作，女人呢？如果沒有培養起自己的嗜好、興趣，多麼容易流於狹窄、淺薄。

「妳還唱歌嗎？」我想起她的小調唱得極好。

「當然，要不然可悶死了，我還代表俄州的中國同學會，上臺表演呢！」她翻著一大疊唱片。

「這些都是我收集的唱片，平時哼哼唱唱想不到竟派上用場了。」

「妳唱那一首？」

「『明月千里寄相思』，也許是把一股懷鄉的情愫全揉進去了，把老美唬得一愣一愣地。」她突然抬頭望著我，「記不記得那年在妳家樓上唱歌唱迷了，離聯考只有幾天了，我們仍一支一支的唱著，一天不唱就覺得好難受。」

怎麼會忘呢？彷佛一切就在眼前，聯考的重壓，逼得我們發瘋，只想叫，大叫……

又彷佛那是很遙遠的事了，兩個不知天多高地多厚的女孩，在夏日裡，在風吹、樹搖、鳥鳴的夏日裡，把一切的夢幻，都串成了歌聲，「那時我們可曾想到會在異國，遼闊的俄亥俄平原相聚？」

人生是一個怎麼樣的組合呢？

窗外月已沉，星已稀，孩子們的鼾聲正酣，俄州大平原的風呼嘯而過。

今夜，且暫時忘了那作客他鄉的寂寥吧！讓我們好好的訴訴別後離情。

誰知道再見面將是何時了。

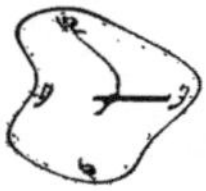

我把小花灑向湖裡

總是這樣，當你計劃好說在圖書館裡那個靠湖的位子消磨一下午時，迎著你的卻是兩扇緊閉的玻璃門。

天很高，很藍，草地柔綠得使你想把鞋子提在手上，原不是一個讀書的季節，校園裡已失去了往日的喧鬧，學生們都放春假回家去了，除了鐘樓那偶而響起的鐘聲外，一切都沉睡在午後暖暖的陽光裡。

沿著湖邊的小路，突然不知該朝那個方向回去了，是那一湖盈盈的春色迷住了我？抑或真的那麼久沒出門了，驚愕的環視著抽長的綠芽，撫摸著展放的小花，心情豁然開朗起來，書本固然有無窮的樂趣待你去開掘，

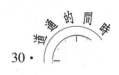

然而，大自然裡那欣欣的生命力，那坦暢的胸懷，又何嘗不孕育著一份深厚雋永的情趣？

而我竟連這份情趣也久違了。

到底在忙些什麼呢？自己也回答不上來。

日子就像畫好的格子，一格格的讓你去爬，去填滿，撕掉了一天，又是一天，同樣的循環，同樣的步子，不必思索，不必咀嚼，而當你停下來時，才猛然發現你以為填得滿滿的格子，原來是一片空白。

這就是美國，快速而工業化的生活。

自己竟也軋入了這種急速而浮面的物質生活裡。

思想在這裡變成了一件非常奢侈的東西，比一打啤酒還貴，比一箱可口可樂還稀奇。空罐子、空酒瓶、熱狗、三明治……充斥在每一角落，但卻篩不出一點思想的靈光。

湖邊的草地上，直直的躺著一對對日光浴的青年，沒有驚訝，卻也沒有感動，視覺已無視於那展露的裸體，心靈也麻木於那些對情愛的感受。

藍天，白雲，一片如茵的綠地，詩樣的世界。

我會感動得流淚，在以前，那情愛的流盼，那無言的默契。記得在臺灣時，公共汽車上那相視而笑的情侶，擁擠的西門町，攜手漫步的戀人，……那純淨而快樂的眼神，使我感染到一份愛的聖潔，而沉入自己曾擁有的那段時光裡，漠視於熙攘的人群，超脫於喧嘩的人聲裡，摯真的愛，只浮現在真愛的眼眸裡，只生長在純淨的心靈裡。

而我看不到那動人的畫面，放眼處盡是襤褸的衣裳，輕狂放肆的青年。不肯承認自己已經老得跟不上時代，卻又不能在那放任、開放的愛裡，找出一絲自己曾經珍視過的吉光片羽。

湖上有掠過的鳥群，輕快的歌唱著，無視於世界的轉變，世界變了嗎？也許沒有，只是自己老了。兒時曾幻想自己能變成一隻小鳥，可以自由的在天空飛翔。轉眼，童年已遠去，早已過了做夢的年齡。

而現實總縷刻著太多的皺紋。

順手採一把野花，沿著小路慢慢的走回去，小小的白花，細緻的分成了五瓣，點點的花心，沾著黃色，有人稱它為「勿忘我」，有人稱它為「定情草」，而今卻蔓地橫生，任由推草機一遍又一遍的輾過。

沒有人再珍惜那嬌嫩而柔美的小花了嗎？

永遠忘不了那景象，在公園裡看到那張猶帶著稚氣而無邪的臉，深邃的藍眼像對世界充滿了憧憬，她天真的吃著霜淇淋，歡樂的笑著，卻頂著那麼大的肚子。

「她才十四歲呢！她說她只是為了好奇。」

我希望我沒聽到這句話，那麼，我的痛苦就不會這麼深了。

十四歲，應是躺在草地上編織著美夢的年齡，她的愛情卻已凋謝了。

我把小花灑向湖裡，我為什麼要想這些呢？把頭想尖了也得不到答案，畢竟，這是別人的國家。

「我已經把思想丟在太平洋裡了，」記得陳頹喪的說過：「想千里外的家園嗎？誰又了解妳的淒酸？想國家大事嗎？妳個女孩子有什麼見識？誰不叫妳先挑個人嫁了才是第一要務。」她做了一個美國式的聳肩。「所以，我只關心我的冰箱，我的可口可樂和啤酒幾時喝完了，就是一週又過去了，日子好打發得很，想那麼多幹什麼？」

是的，想那麼多幹什麼，還好自己，有個丈夫、兒子去操心，不然胡思亂想，不發瘋才怪。

那麼，還是讓日子一格格的爬過去吧！不要抱怨知音難覓，不要怒責言語乏味，在這一個忙碌的國家裡，除了被文明追著跑以外，又能做什麼？

還是實實在在的把自己生活的格子填滿吧！

一九七四

愛語

全全。我們的孩子：你揮動著肥胖的小手，一路快樂的咿呀著，秋日的陽光，透過了樹梢，灑滿了你的小推車，你伸著手，欲撲捉那跳躍的晨曦，玫瑰色的臉，透露著興奮的紅暈，一頭烏黑而微捲的短髮，垂在你飽滿的額角上閃亮，我被你那專心撲捉陽光的神情感動，你是那麼容易滿足、快樂，一群掠起的麻雀，一片耀眼的陽光，都能使你拍手雀躍，你對萬物的好奇和專心，教會了我們許多哲理，而以崇高的心情，重新去擁抱這絢麗的世界。

孩子：再過不久，就是你來到人間的第一個生日了，我們看著你茁壯、長大。每天，你都以一種新的面目給予我們，當第一朵微笑綻開在你臉上時，我們興奮的擁抱，而第一聲姆——媽，在你口中吐出時，淚水湧滿了我的眼眶。孩子，如果璀璨的陽光有其源自，閃亮的星辰有其來處，你就是從那裡來的，你帶給了我們無盡的愉悅和幸福，從你的笑聲中，我們聽到了人間最美的音樂，從你的哭聲裡，我們更體會到刻骨的親情。

猶記得去年此時，你還在媽媽的懷裡，我們靠得那麼近，以致我感受到你每一個動作，每一次你的蠕動，都牽動了我對生命的熱愛和敬意。你的笑貌常在我夢中飛翔，我們最大的樂趣就是談論著你，想像著你，不管你是男是女，我們已將整個愛心獻出，我們要用愛孕育你，用美包容你，用真和善教導你，我們要你懂得愛和被愛，當你睜開你那至純的眼睛時，這世界將以一片祥和迎接你，儘管戰爭的醜惡和人間的虛假，也許仍然存在，但是我們答應你，將盡我們所能，給你一個飄滿花香和陽光的童年。

你從小就是一個健康活潑的孩子，甚至在媽媽懷裡，你吮盡了媽媽的養分，你父親整天大包小包的攜回食物和營養品，可是我仍是饞兮兮的，每一分鐘都感到饑餓，也許我們的狀況好得出奇，最後醫生就不准我們吃飯了，每天三瓶牛乳，一頓水果。孩子，你一定餓慘了，你在肚子裡拳打腳踢，爸爸說你將來必定是位運動健將，因為你常常把媽媽踢醒。也許你不甘被困在黑暗的肚子裡挨餓，也許你急於一窺這美麗的世界，你就那麼急急的衝出來了，在我們全然預料不到的狀況下，你父親為了迎接你的來臨，正努力加工忙於一項重要的實驗，他要用他的成果獻給你，可是你等不及了。當我們在為你受苦時，竟感到如此的神聖和莊嚴，汗水從我的額角泌出，我咬著牙，數著手錶的時間，我望著曙光從黑暗中隱現，我聽到遠方雞鳴的聲音，我那麼清晰的感到生命的跳躍。

全全，當我疼得厲害時，我念著你，我想著你可愛的臉龐，想著你是我們愛的蓓蕾，哦！愛的蓓蕾，它們必須在劇痛中綻放，當黑夜抽去了面紗，當晨光照滿了大地，孩子，我聽到你第一聲響亮的哭聲，像遠方教堂的鐘響，感動著我的心弦，在劇痛中我只沉默著，而此刻，當我聽到你的啼聲，看到你的小臉，我竟忍不住淚如泉下，我感到自己的偉大，我完成了一件神聖的使命，我太快樂了。

全全，我們都是有福的人，雖然我們居住的屋頂下沒有華衣美食，沒有人間的榮華富貴，但是，孩子，我們擁有了愛，環繞我們的，都是愛的花朵，公公、婆婆、姨姨、舅舅以及姑姑和叔伯，你像一位王子般的被祝福著。而你父親真摯的愛心，多年以來，仍如溪水的涓淙，親柔而溫暖。有一天，當你長大時，我們將告訴你，關於我們愛的故事，雖沒有彩虹的絢麗，沒有星光的閃亮，但那裡充滿了堅貞和愛心，我們要使你懂得愛的真諦。

為了使你得到細心的照顧和完整的愛，我辭去了工作，丟棄了四年所學的知識，完全沉溺在奶瓶、尿布和你的嬰兒國裡。有時，我也不免嫌煩，你佔去了我讀書的時間，你剝奪了我工作的機會，但是每當看到你白胖健康的身體，充滿快樂的笑聲，我就感到自己的狹窄是多麼可惡，當你躺在我臂彎裡熟睡，當你和爸爸遊戲時，格格的笑聲，當你呀呀學語……那種純真，常使我有哭泣的衝動，世界上有誰能拒絕孩子的愛情呢！何況是母親。

孩子，我們除了以你為樂外，不為什麼，只因為你是我們的孩子，儘管你的父母曾經遭遇過失望和挫敗，他們的夢想也曾幻滅或消失，但是，我們絕不用我們的意志塑造你，絕不用你來彌補我們未完成的意願。孩子，我們願意除去人性的自私，做一對明智的父母，我們將諦聽你的心語，我們將幫助你克服困難，我們永遠支持你的選擇和意願。孩子，在你第一個生日的前夕，我們不想用高貴的玩具哄你，因為玩具終有玩膩的一天，我們也不想用盛大的宴會迎你，因為那是屬於人類虛榮鋪張的一面，我只想輕輕的向你吐露愛的低語，我們永遠愛你，支持你。

「姆——媽，吱——吱——」你抬頭，仰視著樹梢的小鳥，那雙黑白分明的眼睛，睜得圓圓地，充滿了新奇和溫柔，你那潔淨的心靈完全跳躍著生之歡欣，孩子，世俗的塵埃也許會模糊了視野，人間的醜惡有時會染污了心靈，但是，孩子，永遠保有你的晶瑩和潔淨吧！用你的愛去淹沒那人間的紛擾，用你的愛去滌淨那揚起的塵埃。孩子，答應我們，做一名愛的使者。

迷途的羔羊

你突然從鞦韆架那邊跑過來，緊緊的摟住我。

「媽媽不要上班，小全不要媽媽上班。」

秋日的陽光，映著你一臉懇切的期待，一向紅潤愉快的臉龐，突然有了憂戚，我緊緊的抱住你，不敢搖頭也不敢點頭，就任淚水在眼中翻滾。

幾時你變得如此的敏感了，自從媽媽上班之後，你總會在玩得最高興的當兒，跑到我身旁，對我作這樣的要求，我幾乎軟了心腸想就此留在家裡陪你了。要不是為了那一點菲薄的收入可以貼補家用，可以使爸爸心無旁騖的早日完成學位，媽媽何嘗不希望像往日一樣，把你抱在膝上，為你說故事，教你唱兒歌呢？

孩子，我們知道對你來講，這一切的變化實在太多了，你不到三歲，你一直在媽媽的照顧下長大，自從有了你，我就辭去教職，一心一意的養育你，你一直生活在愛裡，外公、外婆、阿姨、舅舅、爺爺、奶奶……你從不畏懼，也不憂鬱，直到去年，也是這個時候，我們飛渡重洋，初抵異域，我們住進了康大的學生宿舍，你頓時感到了轉變，你的玩伴呢？疼你的外公外婆及爺爺奶奶呢？終日，你站在窗前，望著窗外草地上孩子們的嬉戲，我牽著你走出去，試著解去你的孤獨，鄰居們走過來，友善的跟你打招呼，你奇怪的瞪著那全然不同於我們的藍眼高鼻，聽著那你一句也聽不懂的英語，你突然生氣的拉緊了我的衣角，用著那牙牙的兒語說：「媽媽不要講話。」

從此你不再出去，即使出去也只獨自踩著小三輪車，我望著你孤獨的影子，眼淚一圈一圈的在眼中打滾，你本不是一個外向的孩子，你的個性又如此的溫厚善良，在這一個競爭激烈的國家，難免不被幾個年長而頑皮的孩子嚇跑。

你的悶悶不樂，使我們感到深深的不安，爸爸更為此感到內疚，他說要不是為了一個理想，真不該離鄉背井的負笈他鄉，把你從一群關愛著你的親人中，帶到這人地生疏的美國。真的，孩子，這一切對你而言實在太重了。

你原本已會說一些簡單的句子的，但到了美國卻不愛多話了，是否想到即使說出了也沒人懂？孩子，媽媽總是盡力的逗著你說話，又把你帶到朋友家去，希望他們家的小哥哥姐姐可以和你交談，但是沒想到才來兩年的他們，已是滿口英語了。當你不耐的吵著要回家時，季伯伯抱歉的命令小哥哥姐姐用國語交談。

「不行，爸爸，一講國語我們就不知怎麼玩了。」

才上一年級的小玲姐姐抗議著，你又失望的回家了。

慢慢地，你也有了朋友，都是鄰居們的孩子，媽媽請他們到家裡玩。久了，你和他們也熟了，你的臉上開始重現出可愛的笑靨，玩樂中也有了忘形的歡呼，但你的語言卻進展得很慢，你喜歡學友伴們的洋腔洋調，你雖也說國語，但卻更愛說英語，因為國語只有爸媽懂，而英語可以使你和許多小朋友溝通呀！

也許媽媽是太苛求了，媽媽希望你快樂；可又不願聽你那不中不西中英夾纏的國語，鄰居們曾建議我教你英文，但我總覺得我不必擔心你的英文，我只怕等我們回國時，你說不出一整句的國語，你不能和親人交談，那才叫人傷心呢！

每天早上我們一起看阿姨從臺灣寄來的《幼稚園常識》，對書你從小就偏愛，才四個月大時，你一哭，一看到書上花花綠綠的圖片，哭聲就止住了，如今書更成了你的良伴，但是你總是會提出一些令我發怔的話。

「這是男孩子，這是女孩子，小全也是男孩子。」有一次我指著書上的圖解釋給你聽。

「小全不是男孩，小全是BOY。」

又有一次我指著書上說：

「好孩子要聽話，不要和人打架。」

你看了我半晌不解的說：

「可是有人把小全的車子搶去了。」

哦！孩子，那次的印象竟使你念念不忘，雖然車子找回來了，而且也沒再發生這種事，但是每次你從外面哭著回來時，我就難過，媽媽一直告誡你不要和人打架，你做到了，但是別人欺侮你時，怎麼辦？美國人是主張以牙還牙的，父母教育子女也是「別人打你一拳，你就回他一拳」，顯然「打落門牙和血吞」的古訓是不適用於這強者為王的國家。

剛上班的頭兩天，媽媽一回來你竟生氣的把頭別開，是怪媽媽乘你玩得高興時偷偷跑掉嗎？孩子，媽媽心疼得真想哭出來，雖然工作的地方有最好的設備，有各式各樣的書籍，但媽媽心中總是惦著你，也懷念著在臺灣執教鞭的日子，那種得英才而教之的快樂又豈是這種為五斗米而折腰的小圖書館員所能比的？

孩子，讓我們一起學習吧！奮鬥的時光可以教會我們堅強和忍耐的美德，旅居他鄉的生活孕育了更深更濃的家國之愛！希望再兩個寒暑之後，我們能重返家園，能無愧於故國和親友，你也可以向親友們描述一些我們旅居他鄉的生活。

遠方教堂的鐘聲又響起了，是快吃午飯的時候了，等吃過午飯，你要乖乖的在阿姨家等爸爸去接你，媽媽很快就回來的，這也是為什麼我只做半天事的原因，雖然收入差了許多，但錢只要夠用就可以了，而你的童年卻只有一次，你的快樂也將是爸媽的快樂，希望你能諒解媽媽暫時外出工作的苦衷，答應媽媽你會乖乖地玩，好嗎？

地上的雲

他彎著那肥肥，短短的手指。

「我快三歲了！」

那神情彷彿他是大得不得了的大孩子了，他開始要自己脫衣、穿衣，也愛堅持他的自以為是的意見了。

「我是大孩子了嘛！」他總是驕傲的提醒大家。

三歲，多麼稚嫩的年齡，然而看著他從跌跌撞撞，而呀呀學語，而哼哼唱唱，又不得不承認他是一天天在成長、在懂事，他會在妳忙碌時，突然問妳一句：

「媽媽妳累了嗎？」

他也會在妳做好吃的點心糕餅給他吃時，摟著妳的脖子說：

「嗯！好吃，謝謝媽咪！」

世界上還有什麼言語比童稚的心語更迷人？他使做母親的忘卻了辛苦，忘記了他的無理取鬧，每天看著他一張健康可愛的笑臉，你就覺得面對著的是一個陽光普照的世界。回想著他成長中的片片斷斷，變成一串甜蜜的記憶。

從小他就好奇、好動，不到九個月，才剛會扶著小床站立，就已經想爬出離地四、五尺高的床欄，他常在午覺醒來，不聲不響的站起來，然後把一腳跨上床欄，做太空飛人狀，常常嚇得我出一身冷汗，於是，不得不守著他的小床，以防他午睡醒來，一時興起，爬上床欄而跌斷了脖子。學會走路後，他的冒險心更大，他最有興趣的地方就是廚房，也許是他特別好吃，他知道好吃的東西全來自廚房，特別是那些香甜的糕餅都是由烤箱出來的，他一到廚房，就拉下烤箱的拉門，把頭伸進去，只露出那三分之一肥短的小腿，他沒想到自己變成烤乳豬時有多恐怖？我在廚房加了欄杆，但是他常常用那力道山似的全身之力，把欄杆拉開，他的探險精神總是使做媽媽的我，成天精神緊張，除了時時跟在屁股後頭別無他法。

朋友們看他的精力充沛，就笑我懷他時一定不是每天練跳高就是競走，否則怎會生出如此十項全能的兒子。真是天曉得，我生平最怕的就是跳高和賽跑，懷他時我正在選修美國小說和文化，完全是一副努力用功勤奮向上的好榜樣，每天除了看書就是寫報告，他應該受夠了文學的薰陶才是。唯一的可能是，我看了許多馬克吐溫的作品，想來他很崇拜吐溫公公筆下的人物，因此一心要向湯姆和哈克伯利學習。

在他兩歲以前，我不曾好好寫一篇像樣的東西，他是全家的搜索者，只要他醒來，他總是忙得一刻不停，他會爬到床底下去拉出一本舊雜誌，他也會鑽到櫃子後面找出一隻破鞋子，東西找不到了，問他，他會一副任重道遠的樣子認真為你找尋。有一次，我要出門了，卻找不到車鑰匙，遍尋不著，卻看他彎腰屈腿也找得滿頭大汗，最後從他的枕頭底下翻出來，他還非常得意的拍手跳躍。

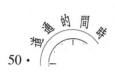

也許是上面有哥哥的關係，他學話學得早，當他發現嘴的功用之後，他除了四肢照忙之外，他的嘴也常發出驚人之語，使我們不能忽略他的存在，更驚異於他小腦袋時刻不停的創出新花樣。

有一天帶他上超級市場買東西，付帳時，前面站了一位噸位至少在三百磅以上的超級胖子，他目不轉睛的看了那位男士之後，終於下了結論：

「媽媽，他是個大胖胖。」

雖然那老美聽不懂他的國語，我仍正色的糾正他：

「不可以這麼沒禮貌。」

「媽媽叫我小胖胖，媽媽沒禮貌。」他好委屈的說。

他也愛看書，一本本的翻，一本本攤滿在地氈上，常常把他那愛整潔的哥哥氣得大叫。每天晚上臨睡前，當我念完故事，他總是要我陪他。有一天，我對他說：

「大孩子是不用媽媽陪的，只有小娃娃才要人陪。」

他沉思了半晌，找到了答案：

「那！爹地是大娃娃，他要媽媽陪。」

冬天，風大時，我要他們在屋子裡面玩，因為那冷凜的風總是刮得眼睛鼻子淌水。

「那呼呼的大風會吹得你流眼淚。」我說。

「不是眼淚，是眼睛出汗，哭，才會流眼淚。」

他的哥哥笑彎了腰。

「眼睛怎會出汗，笑死了。」

「會，眼睛會出汗，眼睛不怕冷，眼睛不穿衣服。」

他又急又氣，直著脖子，上氣不接下氣。

而現在，他逢人就說：

「我快三歲了！」

「真的？你是大孩子了，你長大要做什麼？」朋友故意逗他。

「和哥哥一起上學呀！」

他如此的渴望長大，使我更珍惜他幼年時依賴我時的稚嫩，每天早上送了哥哥上學之後，我牽著他的小手，穿過草地走向那一片原野去散步時，他天真的兒語，不成調的歌聲像一首優美的詩歌流遍我的全身。當他發現那一片白茫茫的蘆葦時，他高興的歡呼：

「看！媽咪，地上好多雲，那是不是地上的雲？」他睜著那雙黑白分明的眼睛問我。

我不知道蘆葦是不是地上的雲，但是，他給了我一個童話似的快樂無憂的世界，是千真萬確的。

廷兒三歲生日前夕於綺色佳
一九七五年十一月

哥兒倆

如果他們不是我的兒子，我真的不會相信兄弟間會有如此不同的性格。

哥哥畫了一張畫，拿給我看：

「媽媽，我怎麼老畫不好，這飛機真難畫。」我看著那圖上的飛機，對於一個剛滿八歲的孩子，簡直無「瑕」可擊，瞧那機翼、機身，無不維妙維肖。

「畫得好極了，媽媽還畫不出這麼好的飛機呢！」

弟弟也畫了一張畫，趕忙也拿過來炫耀。

「媽媽，妳看，我畫得多麼好，多麼漂亮，多麼像飛機。」他用了一連串形容詞，抬著一雙熱切的眼睛望著我，使妳覺得他是「多麼」渴望妳的讚美，而忍不住讚美他。

「好極了。」我在他小臉上親了一下。看著那用鉛筆、蠟筆、簽字筆、水彩等塗成的「畫」，完全是一個三歲的孩子，即興的「傑作」，沒有半點飛機的樣子。

「很好是不是？比哥哥的好？」他很有自信的追問了一句。

「你們倆都畫得很好，但是哥哥的比較像飛機。」我摸摸他的頭，還沒講完。

「我的是直昇機。」他搶著講。

我和老大忍不住笑起來，他也大笑，總算把我們說服了，他心想。

老大全兒，生在臺灣，到美國時還未滿兩歲，完全是中國人的一副渾厚老實的天性。小時候，有朋友來玩，他搬出了所有的玩具與人分享；朋友要回家了，他擋在門口不讓走，有時留不住，還會用哭來威脅人家留下來。我懷老二時，他才四歲，但是走在雪地上，他會把我的手抓得緊緊的。

「媽媽，小心滑跤。」一副要保護媽媽的大男生樣。我偶爾在椅子上小憩，他會拿一個枕頭給我墊著，把電視聲音轉小。他的善良，總是令我心疼。他關心別人，也為周圍的人設想。上幼稚園時，大家爭先恐後擠校車，他一個人卻很有風度的排在隊上，尾隨大家而上。我問他為何總是讓別人先上，他說：

「大家都有座位，為什麼要搶？」可不是，偌大一部校車，空空大大的只有二十多人。但是在美國，你讓人一分，別人就踩你一腳，絕不來中國人那套捨己為人的道理。他們的教育方式是以牙還牙，充滿著強烈的個人主義色彩。從小就學會如何保護自己，像全兒這樣與人無爭，為人設想的性格，恐怕不合時宜。有時，我不免懷疑的對他父親說：「這孩子心太善，將來難免要吃虧的。」他父親卻說：「他有他自己的方式去應付他的環境，我們可以告訴他，卻不一定要灌輸他那些你爭我奪的思想，他怎麼快樂就怎麼過。」

「就是太少衝勁了。」我仍不免憂慮的說。

他父親大笑：「他才八歲，妳急什麼？何況衝勁也不是銳氣迫人，他踏踏實實，從來不炫耀，和朋友相處也鮮有頭破血流的衝突。妳大概看多了美國人，反而忘記了我們東方人的溫厚氣質了；我倒挺欣賞老大那份穩重。」兒子是自己的好，果然不錯，做父親的，更少不了多一份偏袒。

比起來，老二可頑皮多了，才過一歲不久，從沙發上翻下來，眉毛上開了大洞，縫了六針，我心疼得流眼淚。他沒事人一樣，從急診室回來，還是又跳又笑，兩歲以前跌跌撞撞，不知闖過多少禍，撕破我多少稿紙，我們家到處設防，但是擋不住這個精力充沛的小搗蛋。書架上的書，一本本抽出來在地上踩，哥哥氣得大叫，一本本放回排好，他又一本本抽出來，也許他天生喜歡搗蛋、惡作劇，看大人生氣大叫，他就很得意。「大人叫起來的聲音比我更大，真有趣！」他一定這麼想。

朋友來，總愛逗他，一則他小，再則他嘴甜，不像老大，木訥羞澀，不在乎別人的稱讚與否，老二則非常愛表現，愛聽讚美，所以他很好哄。他的喜怒哀樂完全表現在一張臉上，如果生氣了，一拳打過來，不管你是他的媽媽還是爸爸，完全「目無尊長」。幫妳做了一件事，馬上問：「我乖嗎？」我如果說：「很乖。」他就會很高興的摟著我的脖子：「媽媽也乖，小廷喜歡妳。」把人迷得團團轉。

老大做事向來規規矩矩，而且都徵求我們的意見；但是小的，可不，哥哥問：「媽媽，我可以喝一點汽水嗎？」話沒講完，老二已經把冰箱的門打開，把汽水拿出來了。朋友們笑說將來說不定做哥哥的還在東挑西揀找女朋友；弟弟可已經把女孩子帶回來說：「我們要結婚了。」我笑說，告訴我們結婚還算好，說不定到時候結了婚只給兩老一封短簡，應付應付而已。年頭兒變了，兒孫自有兒孫福，我從不去操這個心，只盡量享受他們成長中給予我的快樂。

兄弟間有著如此顯明的不同個性,總使我懷疑是否與環境的差異有關?老大生在臺灣,懷他時,屋子裡充滿花香音樂,生下後,親友圍繞,溫暖祥和,小心呵護,他自然感染到那一份親情以及東方人的氣質。老二廷兒,生於美國,懷他時,上班又上課,趕進趕出,十足的美國式緊張忙碌,別說不像懷老大那樣刺激性食物不沾唇,反而咖啡、辣椒什麼都吃,生下後,洋護士洗澡餵乳,耳中聽的是番語,眼中看的是異域,自然迥異於哥哥小時候的溫馨安寧了。

當我看著兄弟倆一起玩、一起鬧,他們的個別差異彷彿也反映了中國人與美國人的不同。一個老實穩重,一個活潑外向;一個謙虛保守,另一個卻自信積極。在東方的社會裡,全兒無疑是一個長輩疼愛、友輩喜歡的好孩子,然而在西方的社會裡,廷兒的直接了當、活潑積極,卻易得人緣。雖然弟弟的魯莽衝動還不及哥哥的穩重來得踏實,然而在這日新月異的世界裡,一切變化急促,我也希望他們兄弟倆,能在朝夕相處中互相影響,過猶不及，太保守或太開放都不是一個健全的人生觀。太自苦或太自我，亦不是現代人生活的方式，但願他們成長的歲月中，能相親相愛，以柔克剛，以剛補柔，養成健全的人格。謹以此文，贈予全兒八歲生日。

一九七六年三月九日

那一個夏天

「我真喜歡那個夏天。」

他這樣對我說，帶著十歲孩子的純稚和憧憬。

「那一個夏天？」我問他。

我忽然覺得從未有過的奇妙感覺，面對著我成長中的孩子，我覺得我一點也想不起自己十歲時的心情。

我十歲時，是怎麼一幅景象？

我已經記不清了。

「就是一九七五年的夏天嘛！」他說，「妳那時沒上班，又沒選課，記不記得？」他臉上開始有光彩，那是我熟悉的。「我們一起編故事，妳還得了獎呢！」

「是什麼？」老二沒聽懂他哥哥的話。

「〈奇妙的紫貝殼〉呀！傻瓜，」哥哥得意的說，「我和媽媽一起編的。」

我看看桌子上攤滿著的各種夏令營的通知、簡章，腦子卻轉到了那一個夏天。

是的，一九七五年的夏天。

我生命中，空出來的假期，每天帶孩子散步、遊蕩，和朋友吃吃午餐，和先生看看電影，下午就帶孩子去游泳。

而最重要的，和孩子們看了許多故事書，而且還編了童話故事。我還記得為了寫〈月宮寶藏〉，和全兒兩人到圖書館搬回許多有關月球的書，大大的研究起來，當時不到八歲的他，竟然建議我，用袋鼠當主角，因為月球上沒有地心吸引力，袋鼠一蹦一跳比較順利。

「我還記得你那時缺了顆門牙呢！」我對全兒說。

「噢！媽咪！」他不好意思的叫起來，「我的牙齒已經長出來了。」

「所以你喜歡你缺門牙的那個夏天？」我故意逗他。

「『彩』不是呢！」他的第二聲永遠發成第三聲。

「我是說，為什麼妳要花那麼多錢送我們去夏令營？」他說。

不知什麼時候起，他對錢開始敏感，整天小器巴巴的在計算著。

我看看手上的表格，運動、打球、游泳、繪畫，各種吸引人的廣告，一百五十元，四週……六週……。

我開始想老大的話：「我喜歡那個夏天，妳和我們在一起的夏天。」

我看看外面的白雪，壁爐裡熊熊的火花，我說：「反正夏天還早，到時候再說吧！」

好像是成了習慣似的，一到三、四月，大家就開始為孩子們的夏天安排活動了。「學校六月就放假，不找點事給他們做，我會瘋掉。」有人說。「我去年送他去××夏令營，是全州最好的。」又有人說，帶點炫耀。「待在家裡，那，眼睛不全貼在電視上了。」另有人說。「反正找保姆看也要錢，不如去夏令營，至少還學些東西。」這是職業婦女最實際的想法。

就是這種心情，我拿了一大堆表格，徵求他的意見，沒想到他竟然最喜歡的，還是那一個我以為他會感到最無聊的夏天，使我不得不重新考慮他的個性和興趣了。做父母的，往往會為了自己的方便和愛好，就為孩子們決定了許多事，我差點犯了這個錯誤。

在美國這樣日新月異的社會，生活的步調是匆忙而緊張的，孩子學畫、學琴、打球、賽球……各種活動，只把老媽忙得半死方休，好像天下的父母都是一樣「望子成龍」，只是表現的方法各異。美國的孩子不用聯考，學校也沒名次，才藝的訓練，就成了他們課後的活動，每個父母都是希望能讓孩子的潛能施展出來，免得長大了怪父母沒好好「培養他們的專長」，而且也藉此補償一下自己不曾滿足的願望。好像是很有道理似的，儘管做父母的都忙得昏天黑地，大家卻都心甘情願，樂此不疲。

我好像也懷念起那個無所事事的夏天了，聽聽他們童稚的心聲，罵罵他們頑皮搗蛋的行為，有時教一兩首已記不完整的兒歌，日子好像平靜無波，也不刻意安排，但是，如今回想起來，卻懷念不已。

我們常常忽略了一種愛，一種最自然，也最恆久的愛，那就是來自於做父母的關注和愛心，陪孩子玩一玩，聊聊天，唸唸故事，在生活中每一分每一秒都可能給予孩子快樂的親情，並不需要費多少時間或金錢就可給予的愛心，反而被忽略了。

現代文明的生活，很容易使人忘記了內心深處的需要，什麼都講究專業訓練，一則是國家富有，孩子愛學什麼，父母也供養得起，問題是一套套的專業訓練，固然造就了許多人材，但是，畢竟有天才的兒童還是少數，父母這樣忙進忙出的送孩子學琴、學藝、學畫……又那裡還有精力欣賞孩子的成長，孩子純淨的心語！

為什麼有代溝？為什麼有這麼多問題？父母付出的金錢，難道不值一提？這是值得令人深思的問題。我把所有夏令營以及各種活動的單子放回抽屜裡，為什麼全兒會忽然懷念起那一個夏天？是不是忙碌的母親也忽略了他的成長和需求？我自己似乎也要好好想一想了。

一九七八年於嘉麗小築

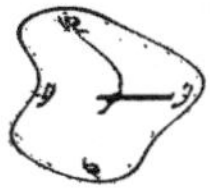

遊戲

他說：「媽媽，我們來玩一個遊戲。」

我望望窗外陰雨的天，我看看那一雙屬於四歲半的迫切的眼神，只好放下了手中的書。

「玩什麼遊戲呢？」我問。

「嗯！玩一個假裝的遊戲。」他嚴肅的說。

「假裝的遊戲？」我故作驚訝的問他。

「假裝妳是我，我是媽媽。」他的眼睛有光，他的腦子正忙著想像。

「哦！我知道了，我是小廷，你是媽媽，對不對？」

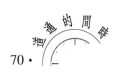

「對了。」他高興的拍手，對我的反應敏捷頗為嘉許。

「我們去野餐。」他說著又去拿了一個紙袋，假裝放進了許多東西，一副很認真的樣子，他提起了紙袋，拉開門，走向後院陽臺。

「那是什麼？」我問。

「汽水呀！麵包呀！熱狗呀！」他指著那空空的紙袋，煞有其事的說。

「我可以喝汽水嗎？媽媽？」我學他慣有的口吻請求著。

「吃飯的時候乖，再給你喝一點，喝多了會爛牙齒。」完全是我一向的口氣。

我忍不住哈哈大笑，他拉了我的手，也高興的笑著。

「那是什麼？」我指著院子裡的一株小草問他。

他隨便編了一個名字，然後怪窘的說，妳沒告訴過我那是什麼草。

「哦，現在你是媽媽，你應該知道許多事的。」我故意撒賴。

「做媽媽真累，又要知道那麼多事，又要準備那麼多吃的。」他怪同情的問我：「媽媽，妳累不累？」

「不累，你愛我，媽媽就不累。」

他趕忙抱著我的脖子，親著我的臉頰。「我愛妳，媽媽，我還是喜歡做我自己，做小廷。」

「可是我們野餐還沒開始呢？你不玩假裝的遊戲了？」

「假裝我們走到一半，碰到大雨，不去了。」

我們笑成一團。

多麼可愛的小腦子，在電視控制了孩子的想像力，在教育專家控訴孩子的單軌教育缺少啟發及反應力之時，能讓孩子多發揮童稚的想像，在遊戲中也學習到了家庭中每一成員的關係，實在有趣。

我高興我放下了手中的書，陪他遊戲，他甜甜的笑聲不僅使那灰灰的陰天不那麼沉悶，也使身為母親的我感到自己的言行，對幼小的心靈有多麼大的影響力。

一九七七年六月於嘉麗小築

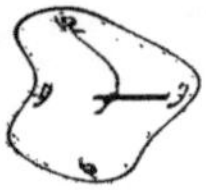

參與的快樂

「媽媽，妳好久沒到我們學校玩了，我們老師說，妳什麼時候再去玩？」我那上幼稚園的老二，過一陣就會催我，所謂去他的學校玩，其實就是抽半天空，去跟那些五六歲的小學生，唸唸故事，唱唱歌而已。

我看看日曆，四月，密密麻麻的寫滿了大大小小的事，但是有一天是空出來的，那就是四月四日，心想，何不就利用這天，去跟孩子們玩一玩？也告訴他們，兒童節的情形。美國雖是孩子的天堂，可是卻沒有兒童節，想來大概是天天都是兒童節吧！

自從孩子們上了學後，或多或少的，每位父母都要抽空做些義務工作，我一方面喜歡孩子，再則也因為不同文化的背景，我有許多觀點可以和小朋友分享，所以盡可能每個月抽空去一兩次做義務工作，這次由於是幼稚班，都是些五、六歲的小孩子，我就準備弄些吃的給他們嚐嚐，也告訴他們東西方在吃的方面習俗上的不同。

由於學校沒有廚房，我決定帶電鍋去煮飯。米，是東方人的主食，西方人則大多用快速米，開水一泡即熟。因為他們吃馬鈴薯和麵包的時候多。廷兒的老師，在日本住了五年，深愛東方文化，所以一聽說我要帶米去給孩子們看，又要煮給他們吃，也興奮得不得了。

四月四日那天，我帶了一小包米，一個電鍋，以及一些碗、筷，到了廷兒的學校，孩子們看到了我，都高興的跑過來，要幫我忙。

我把電鍋放好，大家圍坐一圈，看我擺放筷子、碗盤，每雙小眼睛都睜得圓圓地，充滿了新奇，我把帶來的米放在一小袋中，讓他們傳閱，竟有人問我，米，是不是從天上下雨掉下來的。因為有一本童話書上這麼說。

我於是把農人種稻的故事簡單的跟他們說了一遍，並一面趁電鍋在煮飯的當兒，一面告訴他們東方的習俗，還教他們說了幾句簡單的中文，像「你好嗎？」「謝謝你」，以及象形文字「日、月、山、水」。

飯在二十分鐘就煮好了，每一個小孩迫不及待的拿著小紙盤、小湯匙，等著嚐嚐米飯的滋味，我把帶來的肉鬆灑在飯上，一人一小匙，吃得有人連要三次，老師只好求他們留些給老師嚐嚐吧！他們才停止「我還要」的叫嚷。

我們還唱了歌，玩了一下遊戲，然後才在孩子們的「謝謝」聲中告辭。這真是一次難忘的活動。孩子們的心是開放的，他們好奇、敏銳而純真。常常聽到朋友們抱怨學校中偶爾有「歧視」或不快的事件發生，我想大概是父母的反應過於單軌和注重種族不同，孩子們對東方人難免好奇，或因不瞭解而產生的隔閡，我們正好藉參與活動的機會，使他們也學到各種不同的文化的優點，也瞭解到世界之大，不僅僅是一個美國而已，我相信每位父母都盡心盡力在教育自己的子女，尤其是中國人的家庭，而參與孩子們的學校活動，不僅可以使孩子快樂，我們也從參與中學習到許多孩子們的個別差異，以及分享的快樂。

一九七八年八月四日於嘉麗城

棋盤上的人生

和小兒子下棋，他輸了不是撒賴就是想辦法偷棋，有時候也會氣上老半天，這使我想起自己小時候，有一次下跳棋輸了，一手搗毀棋盤。頹喪得像到了世界末日，把父親氣得罰我站了半天的牆壁。

那時，我才六歲，六歲的我，並不瞭解世界比一個棋盤大得多，也不清楚，勝敗不僅是兵家常事，也是生活中常有的。

不知道什麼時候才悟出了這個道理，也許是很久以後吧！

好勝心和榮譽感，往往是使人向上求進的動力，古諺有云：「見賢思齊。」也是基於這種心理。但是人各有異，才賦不同，就是因為這些不同的才華和貢獻，世界才多采多姿，充滿生趣。

但是並沒有人教我們這些道理，說不定教了我們也不懂，有許多生活的領悟，真是得自己去體驗的。

我們的教育比較著重在完美，兒女往往被期待成某種典型，所謂「望子成龍」是也。加上人類的好勝心，不知不覺的就順著模型，就著固定的價值，勇往直前，欲罷不能。

人類的努力，固然造成了社會的進步，但是個人也必需有勇氣認清自己的長處和短處，取長補短，泰然自若，心裡上自然平衡些。

有人取長補短的方式是誇大自己的長處，掩飾自己的短處，自吹自擂，這在表揚個人主義的美國社會，倒也不乏其人，而且有時還真給人留下深刻印象。

但是面對自己的時候，就不是自吹自擂能掩飾的，如果沒有勇氣面對自己的失敗，又不能像一個六歲的孩子那樣搗毀棋盤，「我不下了」。那麼苦惱是不是因此而產生呢？

我真欣賞豁達的人。他們可以談論自己的短處，清楚自己的長處，毫不掩飾的幽自己的默，也不語驚四座的吹捧自己。

充滿人味的人，平凡、踏實，卻不失對生活的熱忱。

人，真是要經過一段時間的跌跌撞撞，摸索學習，才清楚自己原來是個人，一個平平凡凡的人，而不是萬能的神，許多和我一樣平凡的人，也許這個發現會使心中輕鬆了許多，也使胸襟開闊了許多。

對於我小兒子的撒賴，或偷棋，我們當然會明瞭一個六歲孩子的心理，說不定我讓了他贏一盤之後，他會到處宣揚他下棋贏了媽媽，把媽媽打垮了。

這是六歲孩子的快樂。

對於成長了的人，這種快樂就太幼稚了。

舞會

兒子從學校帶回一張通知，他往桌上一放，就帶了球出去和朋友玩了。我拿起了通知，不經意的看著，才發現他們六年級中心要開舞會，就在這個週末。

舞會，這在我們當年，真是天大的事。我想起我的第一次舞會，是在大一的時候，那時跳舞是不被允許的，我們這些貪玩的學生，總是在朋友家或借個交誼廳等場地，還得苦苦哀求父母，才能勉為其難的允許我們去參加，但是得在十一點以前回家，許多同學還得偷偷瞞著父母，因為在父母心中，跳舞不是什麼好事，最好少去惹是生非。

我看，通知上，負責舞會的是P．T．A，還列了一大堆活動及家長名字，顯然是經過籌備、計劃等週詳安排的。我很想知道我兒子的反應，因此不等他回來，就走到外面籃球場找他。

「你怎麼這麼大的消息都不告訴媽媽。」我看到他和一堆鄰居的孩子們玩得滿頭大汗。

「什麼消息？」他問。

「舞會呀！」

「哦！那有什麼，我又不去。」他對我把舞會說成大消息，顯然太大驚小怪了些。

「為什麼呢？」我倒要聽聽他的理由。

「太麻煩了，要穿得整整齊齊，有些人還要穿西裝呢！」他又開始拍球，準備投籃，「而且我星期五下午要練球，妳忘了？我可不願為了舞會失去球賽的機會。」他丟了一個球，但沒投入籃。

我問了問他的朋友們，有人要去，有人還是沒多大興趣。

「我們喜歡迪斯可，可是要和女生手牽手，耶克！」大衛故意做嫌煩狀。

我就坐在草地上看他們打球、狂叫。專注、心無旁貸的在那一個傳來傳去的球上。十幾歲的孩子，尤其是男孩子，不都是如此嗎？事實上，我並不頂贊成這麼早就開始社交，我總覺得有些父母，太急於促成他們的兒女長大，雖然用意也不壞，早些學到社交禮儀，兩性相處的態度，但是對於一些小學六年級生，尤其常常玩得滿身污泥，成熟度較女生慢的男孩子，不是有點揠苗助長嗎？即使是女孩子，也有不少還抱著洋娃娃睡覺呢。

孩子們總是要長大的，自自然然的，做父母的又何須急急的把他們趕入成人社會？

我並不反對跳舞，一直到現在，我們還常和朋友一起聽聽音樂，有時也隨興而舞，但是，我絕不鼓勵小學六年級生去跳舞。只是如何在中西方的生活、習俗中，擇善固執，或相輔相成，真是我們這一代做父母的，要面臨的挑戰。東方的嚴肅、拘謹和西方的自由、開放，若能平衡發展，真是最完美的生活態度。可惜，沒有人能告訴我們標準應訂在那裡？

於嘉麗小築

感恩的日子

一鍋沸騰的水，冒著熱呼呼的蒸氣，我把麵放下去。美國的麵真難煮，滾了又滾還是死硬。要是在家，阿婆一定又是麵線、又是蛋，還有熬得爛爛的豬腳，一樣樣遞上桌子，也不用自己手忙腳亂了。並不是自己那麼迷信，非要在生日時吃豬腳麵線才會除舊佈新，帶來好運，然而多年來，年年如此，今年又豈能例外。尤其在國外，那份對舊有的依戀更深更濃，也許那正意味著內心深處對家、對親人的懷念。噢！糟，麵噴了一地，熱氣燻得我一臉的水，我用手背拭去，卻越擦越多。

「怎麼又哭了？」外子一邊剝著蛋殼，一邊說：「我在為妳去殼呢！

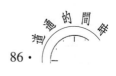

舊的、霉氣的都除掉，來一個新的一年。」他把蛋遞給我，「祝媽媽生日快樂！」他在教兒子唱。

也不知道自己為何那麼愛哭，早晨從郵差手中接到家裡寄來的航空包裹，一張生日卡，一件衣服，還有那三個柿餅，淚水就成串而下，父母的愛心，弟妹們的親情，還有阿婆那偷偷塞在衣服裡的柿餅（只有阿婆才會想到除了臺北，其他的地方都是窮鄉僻壤買不到吃的東西），柿餅雖已發了霉，但卻引起了我無端的悵惘和激動，人生的旅程已過去了一大半，如真的擁有了什麼，那就是無盡的愛和關心。一直生活在幸福中而不自知，而今離鄉背井，才嘗到別離的辛澀，也體會到那時時蜿蜒於我心深處的愛竟是那麼深廣。

阿婆一直是最疼我的人，祖母在我極小時就過世了，取代祖母地位的就是嬸婆，由於母親體弱，照顧我的責任就全交由阿婆，她對我真是噓寒問暖無微不至。有一件事至今仍時時被引為笑談，卻也足以證明她老人家對我的疼愛。

大概是在我三歲的時候吧！對牛奶真是愛之如命，這在今日當然不稀奇，但在日據時代，連米、鹽都得配給，牛奶不用說是多麼貴重奢侈的食物。父親也許初為人父，對我特別嚴，他說三歲的孩子了，還吃奶，未免寵得不像話，硬是不給我喝。其實那時家裡只有我一個孩子，照理也不必省這個錢，但父親有父親的原則，誰也阻止不了，阿婆心疼我每晚睡前吵著要吃奶的可憐相，就偷偷買了一些藏起來，每次沖好挾在腋下偷拿給我吃。有一天，她正匆匆的挾著牛奶經過客廳，迎面就碰到爸爸。

「五孀，您又偷藏牛奶給丫頭吃了？」

原來爸爸早已知悉，阿婆向來善良，扯不來謊。

「沒，沒有。」

她急著走，牛奶卻「噗通」一聲從腋下掉出來，潑得一地。

「倒好像我自己偷東西吃，真難為情。」阿婆至今回憶起來猶臉紅不已。

我愛喝奶已出了名，有一次到關渡，乘坐渡船，船到了水中央，也許我看到了藍藍的晴空，幽幽的河水，心想如此風光秀麗景色宜人之處，來上一杯牛奶一定極盡享受，於是哭鬧著非要喝牛奶不可，沒有人哄得住，阿婆無奈，又央船夫搖回岸，走了許多路，才買到牛奶。

「好饞的嘴哦！」姑姑、阿姨們常取笑我。及至大些，也許喝膩了，也許覺得喝牛奶是被恥笑的原因，乾脆滴奶不入，而今到了美國，鮮奶又香又便宜，卻絲毫引不起我喝它的興趣。人真是多麼奇怪呀！

比較起來，父親就嚴肅多了，他不喜歡嬌寵孩子，也不喜歡一味的溺愛，在我的印象裡，他一直是令我又敬又畏的偶像，也許是因為我成長的年齡裡，父親在海外停留了四年，等他回國，我只奇怪這位老住著不走的客人，並不記得他就是我的父親。

而父親的感情是屬於深邃而含蓄的，年歲越長，才越感受到那份無言的愛，他平時言語詼諧，談笑風生，卻最拙於表露自己的感情。

記得外子出國後，我帶著幼子獨居於大度山，陪著我的只有在臺中就讀的四妹，寂寂庭院，一山冷清，幸好有父親時時上山來。

「把東西打點打點就回臺北吧！山上太冷清了。」父親總不忘再三的叮嚀著，卻從不勉強我，他知道我有和他一樣倔強的脾氣，不願捨棄寧靜的山居生活而擠身於喧嘩的都市。

那時父親身體不太好，心情也較鬱鬱。

「家興出了國，使我覺得生活中頓時失去了平衡，真不習慣，出國當然是喜事，但想到要隔多年才能見面，心中不免悵然。」父親把對我的愛全轉移到外子身上了，誰想到當初我們的婚事因省籍不同而遭親友反對時，父親也頗猶豫了許久呢！幸好他一向的豁達和明智，使我沒做了家庭的叛徒。

離家後時時繚繞於腦中的總是父親的影子，尤其是每次他來大度山看我，我和四妹送他上車，蒼濛的暮色圈起了我們的影子，一路緘默著，我們原都是拙於言詞的人呀！

「回去吧！」父親催著我和四妹，等車來了才匆匆的把手伸入口袋。「錢夠用嗎？」他塞給了四妹，就急忙鑽入車廂，我眼中升起了一片薄霧，那沉默中的關注竟如許深的感動著我們。

而一生中影響我最深的卻是母親，她的溫婉，她的賢慧，那種任勞任怨的品德，都是我學也學不來的，每當我跳腳大吼發脾氣時，媽總無奈的嘆口氣。

「完全和她老子一個樣。」而那話裡含著多少的寬容和愛呀！

小時候喜歡坐在母親的縫紉機旁，看她為我裁製衣裳，一邊輕輕的哼著兒歌，長大後，常愛在午後暖暖的陽光中，坐在家裡與母親閒話家常，尤其在婚後，為人妻，為人母之後，母親那低低而慈愛的聲音，那柔柔而溫貼的愛心，時時牽引著我，使我想永遠坐在午後懶懶的陽光下，與母親絮絮長談。

「妳小時候就和小全仔一樣，胖嘟嘟的兩頰，又小又翹的嘴，才可愛呢！」她總愛望著我那胖兒子，上下左右不斷的欣賞，也不忘顯耀一番，她也曾有個胖女兒呢，可惜現在瘦得她一看了就搖頭。

「還是胖些好，福福泰泰地，現代的人怎麼都著興細細長長的，好像沒吃飽。」

可是母親自己卻始終是瘦弱纖小的，七個孩子，一個大家庭，早已奪去了她長胖的「權利」，她卻永不抱怨，即使在我們都大了，經濟已比幾年前好多了，她卻仍清晨即起，為我們準備早飯，中午也沒有午睡的習慣，反而我們一到中午，一個個像煙癮發作，非打一下盹不可。

出國前，正巧二妹學成歸國，我又住回娘家辦理出國手續，於是冷清了多時的家又熱鬧起來了，阿婆、媽媽，每天張羅吃的，冰箱塞得滿滿地，我們這一些永遠長不大的姐妹們，又吃又唱，忘記了時光的飛逝，忘記了

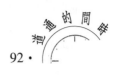

年華老去，只盡情的享受父母的嬌寵，享受天倫之樂。

哦！家已在千山之外了，弟妹們童稚的笑聲呢？爸媽那份細微的關切呢？還有阿婆那古老而無私的愛呢？多年來，只知道去享受著，像呼吸空氣和陽光一樣地自然，而今一起兒湧上心頭，才覺得自己擁有了那麼多，在這一個感恩的日子裡，要感謝的不僅是父母賜給了我生命，而且讓我有那麼值得驕傲的父母、弟妹和親友。

「麵涼了，快吃吧！」丈夫喚回了我的回憶，並從背後遞給我一盒包裝精美的禮物。

「猜猜看是什麼？」他笑著說。

我觸到那柔軟的緞帶，那挺硬的紙盒，我竟忘了道謝而只昂頭凝視著那與我相守了多年的人，我要再次的感恩，在我的生命中，所擁有的都是最珍貴而純真的愛，我要祝自己長命百歲，永遠擁有這些愛。

初雪

下雪了，真不敢相信那就是雪花，一片片像白色的羽毛，飄浮在空中，輕輕地、緩緩地停留在屋頂，在樹梢，在草地，頃刻間，遍地落葉鑲上了白色的結晶，那麼美，那麼叫人心動，長這麼大，第一次看到下雪，竟興奮得忘了寒冷，衝出去嘗嘗那雪的滋味。

才記得離開臺灣時，正是火傘高張，暑氣迫人的盛夏，火紅的鳳凰木，碧綠挺拔的大王椰，一片夏日景觀，而抵達綺色佳時，卻是一片蕭瑟的秋景，遍地落葉，平添了更多的鄉愁，從小在臺灣長大的我，除了忙於安頓一個家之外，又得忙於適應這北國早來的秋，而朋友們更告訴我，我們將有一個又長又冷的冬天，生平第一個有雪來點綴的冬天。

而冬天終於來了，那麼迫不及待的來了，才十月，在臺灣正是最宜人最舒適的月份，沒有盛夏的酷熱，也沒有綿綿的冬雨，而此地卻已在零度以下了，呼嘯而過的北風，生平沒聽過如此囂張的風號，搖得群樹哀吟，落葉逃逸，有誰能逃過它的威脅？連太陽也藏起了它耀眼的光彩。

時光的飛逝，景色的更換，怎能不令人感傷？算算，離家已經兩個月了，初來時的新奇、不慣，慢慢消失了，褪不去的是日漸加深加濃的鄉愁，那份對鄉土的懷念竟如此堅固的粘在思維上，新的朋友、新的環境所帶來的新問題，常常傷了我的思維，我生氣的跺腳，我悲疼得想哭，有誰能抗拒這種感情？這種與生俱來對家、對國的戀情？除非麻木不仁的人！

在來美的飛機上，同機的外國人好奇的問我：

「妳從哪裡來？」

「自由中國的臺灣。」

「臺灣？那是在非洲嗎？」

我瞪著他，幾乎想罵他的孤陋寡聞，但忍住了，不是也有許多膚淺的美國人嗎？我隨即給他上了一課：

「不，臺灣是在亞洲，是個最美麗、最富庶的地方。」當年在講臺上向學生講述地理時的景象又出現了，真慶幸自己學了史地，教了史地，不然在結了婚、生了孩子之後，這些人口、面積、文化背景等，多少會被奶瓶、尿布取代。

抵美後，才接觸到美國人的熱誠與天真，我們居住的地方是已婚學生宿舍，大多是知識分子，難得他們那麼友善有禮，尤其對臺灣更有填不完的好奇心，我和外子，只好盡力滿足他們，同時也糾正了他們不對的觀念。

有一天，我帶孩子在草地上曬太陽，鄰居莫雪太太端了一碟甜點過來，她總是不忘多做些送給我嘗嘗，我有時也包些餃子、包子請她吃，引得她連聲稱好。

「嗨！」我謝過了她之後，她突然端詳起我來，「妳的衣服真美，中國人都穿得像妳這麼好嗎？」

我看看自己的家常服，不禁笑了。

「當然，我這是便服，妳不知道中國的紡織品又好又便宜，每年都外銷？」

「真的？我以為你們東西都靠日本供應？」她抱歉的說。

像這種問題，真是層出不窮，好在他們沒有成見，沒有惡意，只要耐心解釋，就可澄清許多不確實的觀念，然而，那更多的問題呢！

「你們才來，所以特別熱心，久了以後也就不會那麼認真了。」

竟然有朋友這麼說！

「但是總要盡一份自己的力量呀！」我生氣的說。我不明白，時間會沖淡了對家國的懷念嗎？冰雪會麻木了熱血的心？物質文明能取代那份栽培了你二十多年的恩情？我們出了國，只是暫時的充實自己，我們將要回去，我們豈能就此連根拔起？

雪越下越大了，手中捧著的雪，慢慢融化，變成細細的水滴從指縫間流走。冰雪會凍僵了我的四肢，冷卻了我的心嗎？或者它們將像我手中的雪一樣，被我的體溫融解？我不知道，此刻我只想坐下來，攤開郵簡，向爸媽描繪那一片雪白晶瑩的世界，其他的問題，留待時間來回答吧！

讀書

Raleigh（洛麗城）是北卡羅來州的首府，城大、交通量也大，剛搬來時，對於住慣了綺色佳小城的我，的確有鄉下人進城的恐懼，首先那出門就上高速公路的威脅幾乎嚇住了我，但一個月下來，東走西看，反而慢慢愛上這個不大不小的城（城太大犯罪率高，太小又嫌閉塞）。主要是因為附近幾個大購物中心，除了購物方便之外，在中心裡還設有圖書館，讓人們照顧生活起居追逐物質之餘，也不忘去加添一些精神食糧。尤其是家庭主婦，整天生活在柴、米、油、鹽、醬、醋裡，若沒有這麼方便的借書之處，沒有那麼多五彩繽紛的新書擺在櫥窗裡吸引妳，是很容易就這麼一天天混過去，久而久之，就被時代淘汰了。

我自己並不是一個新女性，我並不以為所有的女人都要走出廚房才有出息，但我也承受不了女人家自暴自棄的丟開了自己的嗜好喜愛，成天在丈夫、兒女、家事之間埋沒了自己。

「唉！那有什麼時間看書，忙都忙死了。」

「我報紙都無暇看，別說什麼新書了……。」

真的那麼忙嗎？想想那些閒逛閒聊的時間，想想那些大減價就去搶購的時間，想想那些自怨自艾心緒不寧的時間。

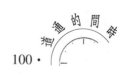

時間是很容易打發的，一個蹉跎，一天、一週、一個月、一年就過去了，尤其生活在美國這樣緊張忙碌的國家裡，人人被物質追逐著，若沒有自己的心靈寄託，培養自己的嗜好，是很容易迷失的，特別是受過高等教育的婦女，常常會在忙碌之餘，反問自己：「我到底在忙什麼？」

一塵不染的家，成長茁壯的孩子，事業成功的丈夫，都是她的成就，但，孩子丈夫都有他們忙碌的世界，妳是否必須一直躲在他們的陰影裡？持家、生活之餘，不妨也檢起妳自己的嗜好、手藝、游泳、打球、閱讀、繪畫、寫作……圖書館中，各式各樣的指南及書籍等著妳去遨遊，它們分門別類，詳盡而清楚的圖文並茂，並非一定要有名師的指導，妳就會沉醉其中而有所獲的。

讀書，並非一定要讀經典名著，讀書，也並不是要像做廣告一樣，「大家來看書」才能發揚讀書風氣，但購物中心的圖書館，多少配合了現代生活的步調，是值得提倡而利用的。

落葉

一直覺得落葉是很美的；尤其是在深秋的午後，映著夕陽餘暉，穿過一片鋪滿落葉的林間，寂靜的週遭，只聽見落葉墜地的輕響和腳下碰及葉片的迴音，該是多優美安詳的畫面！我確曾衷心的喜愛並享受過那份美。而今，手拿竹耙，一次又一次的扒掃那看來永遠也掃不盡的前後院的落葉，我的心境和以前是截然不同的。

忙碌，真的會剝奪了一切賞心悅目的情景，而美國式的生活，真正是世界上最匆忙的生活方式。特別是中產階級，努力賺取了自己所想擁有的一切，房子、汽車，及各種電氣化設備，然後又努力的去被那一切奴役。

尤其以房子為最，夏天鏟草，秋天掃落葉，冬天鏟雪，如果住在東北角，春天，仍得鏟雪，每個週末，揮汗操作的男主人，競相比賽，看誰的草綠？誰的院子整齊？

入秋以來，一陣風、一陣雨，焚紅的楓葉凋零了，滿地堆積的落葉，很想就任由它堆積，但看看周圍鄰居們整潔的庭院，不願破壞社區的美觀，更不願被批評「中國人」不修門面，只好也跟著盡心盡力的做房子的奴隸。忙碌，真的會使人的觸覺麻木，連曾經喜歡過的楓紅落葉，如今都成了掃不盡、趕不走的累贅。

鄰居們曾經建議把那幾棵專會落葉的榆樹給砍掉，不僅可以鋸成小木燒壁爐，又省去許多掃落葉的麻煩，有好幾家確曾找人把多餘的樹砍了（北卡州是一個多林的松林之州），我們卻不忍下此毒手。一棵樹，從幼苗長到巨樹，要經過多少的風吹雨打？多少時間歲月的痕跡？就為了實用的價值，可以鋸成切片，在壁爐中變成灰燼？這使我沉思了許久，所謂「十年樹木，百年樹人」，一棵樹木的成長，須經過長時間的栽培，更何況栽培一個人材？在實用與功利至上的社會，教育的腳步是緩慢而細微的，雖然有許多有心人在高呼注重兒女的教育，改善教育的方式，但是在物質文明的浪濤聲中，誰又聽到教育的呼喊？樹木長歪了，討厭了，可以鋸掉，兒女不成材了，是否也一樣放棄不管？看報導中那麼多的不良青少年，離家出走，又有那麼多受父母鞭打洩恨的未成年兒女，誰能再等閒忽視教育的使命？

因掃落葉而引起了這麼多的遐思，不禁使我對自己的健忘感到慚愧。忘記了樹葉紅透時給你的美感？忘記了春天發芽時給你的期待？只因為忙，那該死的忙，我竟嫌煩了那凋零處處的落葉。人生，不會全是嫩綠新鮮的春天，也不會永遠有迷人的楓紅秋色欣賞，當落葉紛飛，飄落滿地，也正是沉靜深思的時刻。手推著掃耙，帶著幾分虔敬，開始掃起滿院的落葉。

寫於嘉麗小築

頭上一片天

每人頭上一片天，那個天可以蔚藍常晴，可以陰雲密佈，也可以晴時多雲。但是生活在美國的人，那個可晴可陰的天，常常被一個字蓋住，那個字比天還大，那就是錢。

睜開眼，打開報紙，厚厚一疊日報，廣告倒佔了六七成，不是週年減價，就是華盛頓、林肯等等偉人的生日大減價，我不知道林肯和華盛頓怎麼和大減價扯上關係，不過，每年到了二三月時節，人們就盼著他們的生日到來，倒不是大家那麼緬懷偉人，感念其功業，而是為全家大小添置衣物什品，說穿了，為一個錢字，因為此時購置下一年的冬衣正是大減價的時候。

除了偉人的生日之外，一年四季的更換也為報紙增添了許多顏色，春意盎然的春裝，暴露涼爽的夏服，長及膝下，端莊優美的秋裝，以及皮裘毛絨的冬衣，商人，像一位患了過敏症的患者，敏銳的覺察著四季的更移，當許多人為生活忙碌，為工作奔波，為保留頭上一片晴空努力，商人卻不斷的散佈著四季的信訊，長的、短的、絲的、棉的，每天報紙一大堆，即使是《紐約時報》，去掉廣告之外，可看的東西就無幾了。

我倒是很少去注意時裝減價廣告，不是不愛美，而是避免干擾，省得追時髦之累，倒是孩子們每年在長高，尤其是男孩子，鞋襪褲子，成了消費品，再好的球鞋，頂多半年就報銷了，再牢的牛仔褲，不是膝蓋開口，就是嫌短嫌小。常常等到要買時才發現一雙球鞋可以貴到八九十元，一條長褲要付近百元以上，再笨的主婦也學會了算計，要在減價時注意廣告，要在換季時購買下一年的衣服，這是美國式的生活，不得不學的第一步，除非是腰纏萬貫，那一位主婦不是如此精打細算的小心過日子？否則的話，免不了被譏為不懂算計的拙婦笨妻。

除了穿，吃也是大事，以前做學生時，有人可以開車跑半個城，到各市場買減價品，我一向沒那個勁，只是也絕不會忘了有減價雞肉或牛肉時，多買些凍起來。如今更厲害，乾脆買個大冰櫃，存積起來。對抗金錢貶值的辦法，竟是如此的以毒攻毒，花幾百元買個大凍箱，為的是可以屯積一些存貨，當然，省時省事也是原因，不過說穿了，都是五十步百步之差，避不掉只見樹木不見森林之嫌，到底這個問題什麼時候解決，還是根本不必解決，不知有沒有人深思過？

今天早上出門，車過加油站，大排其隊，由於時間來不及，心想回來再加吧！回來時，油價又加了兩分，由七四分一加侖變成了七六分，加滿一桶，就差了好幾元，我笑問加油站職員，是不是他們每小時都可加價更換價錢，他笑而不語，大有有油加就不錯了，沒看到加州上班，還得四處找油的痛苦？這個時候，就不止是錢可遮天了，簡直是做夢都會夢到汽油。

中國人喜歡說開門七件事——柴、米、油、鹽、醬、醋、茶，其實歸納起來，只是一個吃字，在美國的主婦，豈止一個吃字而已，簡直是衣、食、住、行、育、樂，樣樣得操心，樣樣得花錢。我一直提醒自己要避免掉到這個陷阱，要超脫那小小的圈圈，但是，近日來，陪兒子買衣、買鞋，為全家安排預算，計劃渡假，每天為加油站的油價，心臟為之升落，注意市場的減價新聞，好為漸呈半空的冰櫃囤積肉類食品……一副茫茫蒼生，俗不可耐的面孔。

我的頭上一直有片天，一直是風和日麗，雖也有陰晴時候，但卻不曾被金錢遮住絲毫的陽光，如今竟也錙銖必計的自命精明起來，難怪越來越自感面目可憎。丟下算來算去、在紙上忙碌不停的筆，我看到後院玫瑰怒放，雛菊正開，但是不知幾時，杜鵑花卻已全謝了。真是得時時提醒自己，那頭上的天，可大可小，可晴可雨，卻全得靠自己的慧心去撥「錢」見日哩，否則花開花謝，終會逃不掉馬齒徒增的茫然。

於嘉麗

再見！唐

沒有星光，細細的月牙被烏雲遮住。

夜已經很深了，燭光在晚風中顫抖。

「再見了，唐。」

許多人站了起來，踢響了一地的空酒瓶，唐笑著，和他們握手，道別。

客人一個個遠去了。

夜又沉靜下來。

我們也站起來，杯中的酒已乾，酒精卻沒使我的心暖起來。

「再坐一會，我希望在臨別時和你們多談談，以後不知還有沒有這機會了？」他把外子和我又接回了坐位。

仙蒂又為我們斟了一些酒，我縮在椅子上，初夏的夜，仍使我感到澈骨的冰冷。

「我希望我的抉擇是對的，我一直在找答案，但我不知道……」

他說著，深邃的眼神在燭光下蒙著層層的困惑。

* * *

認識唐是在我們初抵美國不久，我們同住在康大的已婚學生宿舍，唐是他的中文名字，是由他的名字TOM譯過來的。

「唐代的唐」，他自我介紹時說。

「他對中國的歷史、文化簡直入了迷，所以才決定回來專攻中國近代史」，他太太仙蒂帶著一臉的崇拜，得意的說。

「我在夏大唸書時，就對中國的歷史、文化產生了濃厚的興趣，但真正使我下定決心再攻博士學位，則是去了臺灣之後，你知道嗎？我們在那住了兩年。」

「真的！」我和外子驚喜的大叫，像在他鄉遇故知般的令人興奮。

「我希望兩年後寫論文時能再去一趟臺灣。」

「那地方簡直叫人捨不得離開。」他太太也附和著說。

＊ ＊ ＊

一切言猶在耳，而不到一年，他們卻撤退了，放棄了他的所學，帶著妻子、女兒，去就任一所高級中學的教職。

「清苦的日子我不在乎，沒有獎學金的窘迫我也承受得起，但是，我卻受不了狹窄、無知的人群」，他又喝了一口啤酒。

「你看看現在的美國，所追求的是什麼？汽車、彩色電視、遊艇、飛機……每一個人像一個奴隸似的在努力榨出自己的血汗，以期能賺更多的錢，過更好的生活，但是，這是生活嗎？大家視而無睹，聽而不聞，任由生活像一條鞭子似的在身上抽取，十年來，沒有人好好沉思過，像是一夜之間，問題全來了，少年問題、黑白問題、社會問題，其實這一切都是『冰凍三尺，非一日之寒』呢！」他運用了一句非常恰當的成語。

「也許你們還不知道，大部分的美國人仍是非常幼稚淺薄的，他們囚於自我的圈子，自我的看法，他們用一種自設的公式去推論成敗，去教育子女，在臺灣時，我教了兩年美國學校，我的學生中有不少人對我說：中國人積久不振，是因為中國人太笨。」

我吃驚的問他們何以有這種想法。

「我爸爸說的，凡是成功的人，一定聰明，失敗的人就是笨。」

血液在我胸中澎湃，唐嘆了口氣，打住了我的話。

「我知道妳要說什麼？舒適的生活和金錢的追求，使美國人失去了思考的能力，上班、下班、電視、股票、球賽……很直接很簡單，談到越戰，大家起鬨，卻忘了如果敵人已站在門外時將怎麼辦？沒有遠慮，必有近憂，不是嗎？」

「但是像你這麼優秀的人，丟下研究工作，在學術上將是一種損失。」我又插了一句。

「哦！我永遠不會丟下研究中國歷史的工作，因為那是我一生的工作，現在，我只是暫時投入社會，我的力量雖小，但我如能影響我的學生，何嘗不是對下一代灌輸了些正確的觀念。」

「我真希望許多中國青年能聽到你的話，尤其是一部份迷失在異鄉的朋友。」外子感動的說。

「我不算什麼，想想你們悠久博大的歷史文化，想想多少人對它的曲解和漠視，我能找到這份教授『中國史』的教席，正是一個大好的機會。」

他笑得很豪爽。

「我有一個要求，」他笑著看看我們：「等我被學生問倒時，你們要來解我的圍。」

「那沒問題。」我們很大方的承諾了。

像這麼一位熱誠、可愛的朋友，沒有一位身為中國人，會不由衷的感動，支持他的。

月已沉，星已稀，告別了唐，想及了多難的祖國，竟徹夜難眠，匆匆草成此文，衷心的為唐祝福，也祝福中國。

強者

對於我，最卑微的花朵也能給予非淚水所能表達的沉思

英・華茲華斯

她站在講臺前，腰直背挺，精神奕奕，她講英國前期浪漫主義的詩人——華茲華斯，她唸著華氏的詩，講述著華氏對宗教和自然的狂熱，讓人覺得蘊藏在那小小的軀體裡的，不是八十二年的歲月，而是智慧和文學加上藝術的結晶，尤其是英國文學，她是一部活的經典巨著。

八十二歲，多少人在養老院苟延殘生，多少人在抱怨兒女的冷淡無情，而她，已經退休二十多年了，沒有丈夫，沒有兒女。她退而不休，寫書、教書，在她有生之年，把她對文學的心得和熱愛，分享給更多的愛好者，獻給教育人群。

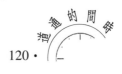

聽她的課是很偶然的，我喜歡文學，又不想為考試及寫報告而辛苦的去賺那些學分，於是，我坐進她的教室——成人教育所開的文學課程，同樣的嗜好以及相同的教育背景，使每週一次的上課成了同學們生活中令人期待的一件事。她開過伯朗寧、丁尼生、莎士比亞等課。她的教室從來沒有虛席。喜歡文學的人，沒有人不認識她，尤其是走出校門多年，而又不願讓心靈在日常生活中枯萎的主婦們，強森博士授予了許多人「連卑微的小花，也能給予沉思之機會」的境界，她的氣質和教養，也提升了許多被世俗塵封的心靈。

幾年前，當她七十八歲時，開車出了車禍，股骨折斷，右肩骨裂，人們以為她完了，再也站不起來了，但是不到一年，她又站上講臺，實行她「把文學帶到每個家庭」的使命。她一生當了三十多年的英文系主任，教了五十多年的書，她說支持她精神不墜的，就是這種誨人不倦的使命，若不是對文學的狂熱喜愛，她不會堅強的克服病痛活到今天。

而今天，我站在她的教室門外，燈是黑的，教室的門緊閉著，「強森博士又折斷她的腿骨了」，舊創新痛，我不知她如何忍受那種折磨。我曾看到那堆滿書籍、報章雜誌的家，她需要一個人為她管家，但是她沒有。經濟對她已不是問題，但她把大部份的收入捐給學校及幫助貧苦的學生，她的學生曾輪流到她家要為她打掃，但是得到的是一頓精美的下午茶和她精心烘烤的小點心，臨走，她還會折下院中的玫瑰或杜鵑花贈與。我偶爾接送她到學校或回家，她回報我的不僅是精美的點心，而且是睿智的話語。她的好客和烹調手藝，幾乎和她對英國文學的造詣一般共享盛名。

「八十二歲，我希望我將來八十二歲時也能和您一樣堅強樂觀。」有一天，我對她說。

「妳當然會，」她毫不猶豫的說：「除非妳生活沒有目標，妳對自己沒有信心，妳不會情願在同情和憐憫中等待人生的終點的。」

我站在教室門外，看著門上貼的字條，想像著她孤單堅強的活在文學裡，「不知她摔跤時可有人陪伴她？」

我擦乾了頰上的淚痕，我知道強森博士是不喜歡我帶著哭喪的臉去探望她的。

年老，是一件多麼莫可奈何的事，但願強森博士能再勇敢的站起來。

於嘉麗小築

畫

我走入畫廊時，那一幅幅色彩鮮明的油畫幾乎把我吸住了，我一面目不轉睛的欣賞著那些畫，一面又用眼角去尋找習畫的教室，我是來為十歲的兒子報名參加繪畫班的，他一直對畫圖深具興趣。

教室就在畫廊的二樓，當我準備上樓時，就在拐彎的角落裡，發現了一幅異於那些鮮麗色彩的素淡鉛筆畫，你如不注意它，是很不吸引人的，但是一旦看到了，就很難把眼睛從畫上移開。黑白兩色的圖畫裡，是一座廢棄的農舍，被一片雪白的、寒冷的冰雪包圍著，低沉、灰暗的天空，給人一種淒冷的感受，我看著那熟悉的線條，一時想不起在那裡看過，趕忙看右下角的署名——「瓊斯」。瓊斯，瓊斯，我低念著，會不會是貝絲・瓊斯？我幾乎想馬上抓住一個人問清楚。於是快步跑上樓，找到辦公室，上氣不接下氣的：「那，那畫的作者是不是貝絲・瓊斯？」那女秘書被我的神色嚇了一跳，「什麼畫？很出色嗎？」她問。

「就是樓梯口轉彎角那幅署名瓊斯的？」我急欲求解。

「哦！我不大清楚，這裡寄賣的畫太多，除了幾位成名的，我實在不太有印象。」她抱歉的說著又埋頭打字。

我匆匆為孩子報了名，又走下樓，站在那畫前，凝視那雪中景象。畫中那欲訴的無奈，沉鬱灰暗的氣氛，我好像看到貝絲的臉，那黝黑而沉默的臉，堅強的承受著苦痛，從畫中走出來。

認識貝絲是在五年前我生老二的時候。我由丈夫陪同抵達醫院時，正是曉霧初散的清晨，護士領我進入待產室，即聽到一聲聲嘶吼的呼叫，每隔幾分鐘就傳來一次，護士不耐的皺皺眉：

「又是那黑女孩，她已經叫了好幾個鐘頭了！」

我同情的笑一笑，生產之苦，只有身歷其境的人才能體會，想像著那撕裂的疼痛，我差點也要呼痛求救了。

進入產房時已是清晨七點，那吼聲已近沙啞，我進去時，醫生還開玩笑說：「妳不會那樣虐待我的耳朵吧！」

曙光慢慢射入，鐘聲滴答響著，我清晰的感覺到醫生的每一個動作，更聽到那由沙啞的嘶吼而轉成低弱的呻吟聲。也聽到了我初生兒的哭聲！當我從復原室被推回病房時，已是精疲力盡沉沉欲睡。從午覺醒來時，發現房裡多了一張床，床上躺著一個沉睡的黑女孩，兩手全被縛住，吊起的鹽水和葡萄糖告訴我她體質的孱弱，她的腳也被綁住。「免得她亂踢亂動！」護士說。

也許護士看到了我疑惑的眼神，馬上抱歉的告訴我。

「我們沒有其他的空房靠近護士室，她還在危險期，需要特別照顧，

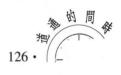

妳的病房最靠近我們，所以把她安放在妳這間，希望妳不介意。」

「當然不。」我說，看著那張稚氣的臉，正忍受著生死之痛，我心裡好難過。

「怎麼會這麼嚴重呢？」我問護士。她正忙於清洗一地的血跡。

「她太小，才十四歲，骨盤沒發育好，又是雙胞胎，醫生事先並不知道，因為只聽到一個心跳。」

「怎麼可能！」我驚呼著。

「是可能，因為胎兒是前後相疊的，所以檢查時只聽到一個心跳。」

我看著那張仍未脫稚氣的臉，一頭鬈曲的短髮，緊閉的雙眼和蹙起的眉頭，給了我極為深刻的印象。她床頭的名牌寫著貝絲・瓊斯。雙胞胎，男孩。

貝絲一直到第二天才脫離險境，這期間她高聲呼叫，或把頭用力亂撞，麻醉藥使她失去了控制力，她又沒親人來探望她，只有護士和我看守著以免出意外。幸好我的情況良好，除了餵孩子奶及三餐外，貝絲的安全也成了我的責任之一。

貝絲醒來時已是第二天的黃昏，她一躍而坐。

「我要上廁所。」她說著，也不等護士幫忙，一路跌跌撞撞就走到廁所，血跡滴滿了她走過的地氈。護士趕忙扶她坐下，她生氣的大叫，「我怎麼變得像個老太太？我恨死醫院。」

貝絲是沉默的，她睡得極少，總看她坐在床上，望著窗外暮秋的景象發呆。當大家忙著餵乳時，她也是木然的坐在那裡，由於雙胞胎的體重不夠，加上先天不足，他們一直由護士特別照顧著，貝絲並不急於抱他們，也不曾問起孩子的情況。除了她的祖父母外，到第三天才有一個男孩子來看她，帶了一束花，還有一卷紙。

「貝絲，是我，妳好點沒？」貝絲睜開眼睛，雙手緊擁著那看來不比她大多少的男孩，淚珠從她那大而漂亮的眼睛流下來。

「我爸媽不讓我出來，妳的祖父母又不肯告訴我妳在那裡。」那男孩無助的說，「但還是被我找到了，妳不要緊吧？妳看，我還給妳帶了畫紙來。」

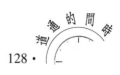

「謝謝你，大偉，你是不必來看我的，讓我們都忘了那一切。」

「為什麼？妳不要和我結婚？妳忘了我們計劃過的未來？」大偉急得搖晃著貝絲的肩頭。

「大偉，你知道那是不可能的，那只是一個夢。」

「夢也可以成真的。」仍是堅持著。

「我這幾天做了許多夢，有時夢到我死了，有時又夢到我成了畫家；但是最多的時候，我夢到我們絕望的坐在一個角落裡，等待著領取救濟金。」貝絲的語氣，真不像是一個只有十四歲的孩子，「我們都未成年，中學也沒畢業，我們能做什麼？」

「貝絲，妳不應該那麼沒信心，我們可以打工呀！」

「大偉，你忘了我們的父母是多麼辛苦的掙扎過？他們永遠失敗，他們連我都養不起，只好放在祖父母家寄養，為什麼？為什麼？只因為他們太早結婚了，他們打工打了十幾年，仍然沒有固定的職業。」

「那妳打算怎麼辦？」大偉頹喪的問。

「我還沒想到出院後做什麼，但是，我不會和你結婚是已經決定了。」

「孩子怎麼辦？我聽說是雙胞胎。」大偉怯怯的問。

「是雙胞胎，男孩子，我還沒看到他們，我也不準備看他們，否則我會下不了決心送人。」

「送人？我們的孩子？貝絲，妳瘋了，不是說好了由妳祖父母代養？」大偉激動的說著，聲音高了許多。

「我們怎麼可以那麼自私？祖父母年紀大了，還要分擔我們一個錯誤的後果，他們為母親撫養了我，又要為我撫養我們的孩子。算了，大偉，如果我們的孩子受不到完整的養育，又何必拖累別人？」

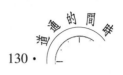

「貝絲，妳簡直不可理喻！」大偉說著，氣匆匆的走了。

我躺在床上，為他們的談話干擾了午睡。畢竟是小孩子，一切都是意氣用事。聽到大偉的腳步聲遠了，貝絲慢慢的把床搖高，打開了畫紙，就在床前的小茶几上，開始畫畫。窗外是一片如焚的楓葉，北國的秋，帶來了太多的蕭條，我看著貝絲凝神作畫的側臉，忍不住說：「貝絲，妳應該躺下來休息的。」為她昨夜一夜折騰，我自己都感到疲倦極了。

「謝謝妳，我一點也不累，昨天晚上起來那麼多次，害妳一定也沒睡好。」她抱歉的說，第一次看到她露著潔白的牙齒微笑，「我像突然之間想到了許多問題，以前都不曾費心去想過的。」貝絲說著又專心去作畫。

「真傻！」她輕罵著自己。

我昏昏沉沉的睡了一個下午，醒來仍看到貝絲坐在床邊作畫，看到我醒來，馬上高興的展示她的作品。

「看我畫的，妳喜歡嗎？」那快樂的神情，真正是屬於十四歲的天真和無邪的，畫畫真的給了她無比的快樂。

畫上是窗外的景色，飄落的楓葉和遠處的落日，點點帆船在湖邊停泊，很美，卻很灰暗。我看了許久，欣賞著那出自十四歲的感受。「貝絲，妳畫得真好，妳學過畫嗎？」

她搖搖頭，「我只是喜歡，我喜歡一件事，往往就堅持下去，我一直夢想成為畫家的。」

「妳一定會的，妳很有才華。」我雖不懂藝術，卻也懂得欣賞好的作品。

「我母親也愛畫，可惜她為生活，早就不能畫了。」貝絲第一次對我提起了她的家人。「她現在的專長是吵架，可憐的媽媽！」貝絲嘆了一口氣。

「她現在在那裡？」

「在紐約州的一個小鎮，聽說又要離婚了。」貝絲低低的說著：「不，我當然不能和她走一樣的路。」她自語著。

十四歲，我看著她那張稚氣未脫的臉，自己十四歲時，該是多麼幼稚無知，她卻已經經歷了這麼多痛苦。

「妳打算回學校嗎？貝絲。」

「嗯，一出院我就回去上學，我知道沒有學歷的滋味，我母親就是，她不到三十歲，可是因沒有固定工作，常常東遷西移，吃了不少苦。」

「妳父親呢？」

「我不知道，我們是被遺忘的一群。貧窮，無知，教育程度低，但是我們也是人，我們要愛人也被人愛。」貝絲的語氣憤慨。「我絕不和他們走一樣的路，不，我要自己站起來。」

我出院時，貝絲仍得留院養病，她身體太弱，又因出血過多，需要多日的滋補，她不曾好好休息，一有空就畫，她畫得最多的是雪景，儘管外面是暮秋景象，她畫的卻是一片雪白的冰天雪地。

「我喜歡雪，我記得我童年時住在北部的小鎮，玩雪、堆雪人、打雪球的情景，我真懷念。」貝絲說著，從她畫中拿出一張送我，「謝謝妳這幾天給我的友情和照顧，希望我們保持聯絡。」我謝了她，眼中不禁噙滿淚水，對於眼前這天真可愛的少女，我不知社會如何去幫助她走完那未竟之路，除了祝福，我能說什麼？

貝絲出院後曾來看我，並告訴我她已復學，孩子也送人領養，「我不願想太多的過去，因為我的前面有很長的路要走。」貝絲似乎成熟了許多。

離開紐約後，就失去了貝絲的消息，一晃幾年過去，今天在畫廊看到那幅畫，正如貝絲送我的那幅一樣，雪，全是吞蝕大地的白雪，那麼，貝絲就在這城裡了，多麼希望看到她，我寫下了自己的電話號碼和地址，訂下了那幅畫，並請畫廊負責人代為聯絡。

第二天就聽到那熟悉的聲音由電話那頭傳來：「我是貝絲・瓊斯，請問——」

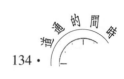

「貝絲！」不等她說完，我就歡呼起來：「妳好嗎？」

「好，很好，珍，我能來看妳嗎？」

「當然歡迎！」於是我告訴她如何來我家，如何找路。

「好，我正好沒課，現在就去。」

掛了電話，我的心就興奮的雀躍著，五年，貝絲該已十九歲了，這之間除了頭兩年互通聖誕卡外，那麼她仍在上學，是大學生了？我一邊收拾房子，一邊想像著貝絲的樣子。

貝絲站在我面前時，我已經找不到她十四歲時的稚氣了，修長的身材，一頭鬈髮，一臉自得的笑容，她帶來了那幅畫。

「妳是我的知音！」她把畫放在牆角，「我應該送妳。」

「貝絲，妳別叫我不安，我很高興這幅畫使我們再見面，它的代價應該更高才是。」

「孩子們都好嗎？」貝絲問我。她已經不堅持非送我畫不可了。

「很好，」我說，「老二已經上幼稚園了。」

「真快，他們也該上學了！」貝絲說著，陷入了沉思。十九歲，該是多麼亮麗的年華，她卻已經歷了這麼多折磨。

「要不要喝點什麼？我爐子上正燒著咖啡。」

貝絲深深吸了一口氣。

「好香，我正想喝杯咖啡呢。」

「這幾年來都好嗎？」

我一邊為她拿點心，倒咖啡，一邊關切的問著。

「嗯——怎麼說，還不錯吧！」貝絲笑著說：「我已經學會遺忘過去了，只有往前看，人生會積極些。」貝絲喝了一口咖啡，「祖父母去世後，我和過去就斷了。尤其是高中畢業後，我沒想到還可拿到獎學金來這裡念書。」貝絲眼中帶著自信，「跌一次跤，反而使自己悟出許多道理；尤其是畫畫，真是我最大的寄託，記不記得我住院時，我不停的畫，不斷的畫，我一直希望能畫出我未來的人生。」

「妳畫出來了嗎？」我問。

「還沒有，我想每個人手中都有一枝筆，就看你如何在紙上構圖著色，我不知道我的人生會是怎麼樣的一幅圖畫，但我盡力畫好就是。」

「妳會畫得好的！」我衷心的祝福她。

「我上錯了一次顏色，要很久才能擦得掉。」貝絲說著雖強裝笑容，卻掩不去她的黯然。

「沒有人看得出妳上錯了什麼顏色的，妳的畫，生動深刻，可以看出妳誠心誠意在畫的。」

「謝謝妳，我知道有許多人鼓勵我，這就是我的依恃。」貝絲說著，放下了咖啡杯子。「我得走了，我每天都抽時間去孤兒院幫忙。」

我送她走到門口，目送著她遠去，走入屋內，我又再次欣賞著貝絲的畫，想起她說過的話。

「每個人手中都有一枝筆，就看你如何在紙上構圖著色。」

我相信，貝絲會繪出她自己喜愛的圖畫。

因為她是那麼虔誠而執著的握著她的畫筆。

古樹

——獻給所有充滿愛心的母親

聽過這樣的故事嗎？

一棵奉獻的樹。

從前有一棵古老的樹，孩子們小時，喜歡圍著它玩，喜歡在樹蔭下乘涼，也喜歡在樹幹上盪鞦韆，他們甚至在樹幹上爬上爬下。

聽著孩子們快樂的笑聲，高大古老的樹，也高興得笑了。

但是不久，孩子長大了，一個個離它遠去。

老樹寂寞的嘆息著。

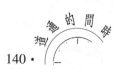

有一天，長大的孩子，回到了樹下。

「來爬樹吧？孩子。」老樹愉快的邀請著。

「我太大了，爬不動了。」

「那麼坐在樹蔭下歇歇吧！」老樹說。

「我太忙了，怎麼有時間？我忙著賺錢，忙著生活。你又不能給我錢。」

「我是沒有錢給你，但是，你可以把我的蘋果採下來拿去賣，不是就有錢了嗎？」

孩子採下蘋果，果然高高興興的拿了蘋果去賣了。

老樹高興的笑了。

不久，長大的孩子又回來了，愁眉不展的。

「孩子，你為什麼不開心？」老樹慈祥的問。

「我想有自己的房子，可惜錢不夠。」

「那麼，把我的樹枝砍下來，不就可以做你房子的材料嗎？」

孩子砍下了樹枝，高高興興的走了。

有好久，老樹孤獨的抵擋風雨，沉默的期待著孩子的探望。

終於有一天，長大了的孩子回來了。

「為什麼還不開心呢？孩子！」老樹笑容滿面的問。

「我想要一條船，我一直夢想能在湖上旅遊。」

「哦！那麼，把我的樹幹鋸下來吧！正好可以做你的船。」老樹慷慨的說。

孩子鋸下了樹幹，高高興興的走了。

老樹只剩下小小的一截樹幹了，但是他能為孩子做點事，總是很高興的。

很久，很久以後，孩子又回來了，他老了許多，頭也禿了，步子也蹣跚了，看起來真是疲憊極了。

「孩子，你來了正好，可是，我什麼也不能給你，因為我只剩下禿禿

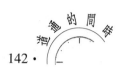

的下截樹幹了。」老樹難過的說。

「我什麼也不要了，我疲倦極了，只想坐下來好好的休息一下。」

「哦！那麼快坐下來吧，我剩下的那一小截樹幹，正好是理想的凳子。」老樹仍是慈祥的說著。

疲倦的孩子坐下來了，就坐在光禿的樹幹上，兩人都滿足的笑了。

* * *

這個故事，我看了好多次，每次讀，每次都有很深的感受。

老樹無私的愛，和不斷的奉獻，不正是像父母對兒女無邊無涯的愛心和親情嗎？

許多愛，許多獲得，我們常常視為當然的予取予求，一直到有一天，自己也懂得了付出，懂得了奉獻，你我才領會到，自己也承襲了許多愛的關懷。

也許，就是這樣，一代一代的傳遞著這種愛，這種無私的奉獻，這世界才產生了這麼多的光和熱，這麼多刻骨銘心的親情。

一九七九年於嘉麗小築，為母親節而寫

快樂那裡找

常常聽到許多朋友這麼說：

「我真高興已經過了三十歲，我發現越來越懂得生活。」

「我現在比以前快樂多了。」

「我今年快五十歲了，卻從來沒有比現在更覺生活的充實。」

年齡，對某些人，尤其是女人，也許是一個負擔，特別是敏感於年華老去，花容不再的婦女，隨著年歲的增長，心中的感嘆和愁緒就日漸加深。但是，相反的，也有許多人，隨著年歲的增長，正一分分的享受著生活的光采和生命的圓熟，遠離了生澀的青少年期，跨過了浮華的二十五歲，像通過了人生的瓶頸，生活整個豁然開朗，視野也突然開闊了許多，許多人開始領悟到生活的樂趣。

生活在物質文明的社會裡，金錢幾乎可以買到許多東西，唯有快樂是無法買到的，而且也沒技巧或公式可循。當許多人領悟到人生的多采多姿時，也有不少人承受不住生活的衝擊，或外界的急劇變化而精神分裂，或情緒消沉。有人歸咎於憂鬱的性格是來自極不愉快的童年，有人怪罪於生活的壓力。但是根據哥倫比亞大學心理學的教授費曼博士的研究報告指出：「有不愉快童年或青少年的人，成長後仍有可能是一個樂觀進取的人。」他並說：「兩者之間的不同在於樂觀的人不斷的從肯定和積極中證實他的判斷；悲觀的人則不斷的從否定和消沉中，從生活中退縮。」

我越來越覺得，快樂是一種才華，它無跡可尋，無方程式可套，也無遺傳可承，可是它卻是可以從生活體驗中獲得的，它不是一堆夢想和理想的影子，它是實實在在的生活。

如果有人問我：「妳現在是否比以前快樂？」我的答案也是肯定的，雖然我也會為孩子們的淘氣生氣，為經濟的不景氣嘆息，但是，我明白那只是人生的過程或浮面，不至於影響我的情緒，也許這就是成長吧！

是的，成長。當你體會到人生不只是三角、代數；不只是學位、愛情；更不只是金錢和地位，你的世界就豁然開朗了。你的心容納得越多，你的快樂也就多了許多泉源。

有許多東西，擁有它，會給你興奮和狂喜，像新車，像遊艇，但是習慣了擁有它之後，那份新奇和興奮就消失了。只有快樂，那個捉不住也摸不著的東西，只要肯定了它的存在，把它溶入心裡，它就與你同在，並且讓你周圍的人也受到了它的溫暖。

這真是一種奇妙的感受。

朋友們，願意試試嗎？

於嘉麗小築

時間的通道

人生，是一條時間的通道，每一個人所走的方向和目標雖然不一樣，但是經過的路程卻是相似的，由幼兒，而青年，而中年，而老年，時間在每個人的心路歷程中留下了痕跡，也刻劃了不同的經歷。

最近又再次閱讀了Gail Sheehy女士所寫的：《通道》(*Passage*)。作者是專門研究成人發展的作家，她為此訪問了一百十五個個案，她的研究論文因此得到許多獎狀，包括《紐約時報》及密蘇里大學所頒給的榮譽。

成人發展，聽起來非常新穎，我們時常看到有關初生兒到青少年發展的書籍，讓父母、教師皆有機會瞭解到孩子們每一個時期的發展過程和心態，但是青少年之後的壯年、中年，甚至老年，卻鮮少有人研究。彷彿人到了二十歲以後，該是羽毛豐滿，振翅高飛的時候，至於如何飛，如何避免摔得不痛，如何克服挫敗後的懊喪，很少有人深入研究。本書作者即著重以中年為對象的種種心態和情況，深入調查研究。像她對三十五歲女人所做的描述，雖然未必放諸四海而皆準，卻多少反映了當今美國中年婦女的寫照。

——三十五歲是一般美國婦女送走了最小的孩子上學的時候。

——三十五歲是一般美國婦女又走入勞工圈的時候。

——三十五歲是離婚的女人又再婚的時候。

——三十五歲是一個養兒育女的母親，開始懷疑自己的教育和文憑何用的時候。

——三十五歲是一個事業心重的單身女人，開始懷疑自己的幸福與否的時候。

*　*　*

不管她說的是否全屬事實，至少，她的調查告訴了我們一個事實：

三十五歲是女人在養兒育女、丈夫、家事之外，開始尋找自我的時候。在經過了長久的乳瓶、尿布，或事業、家庭的忙碌中，突然有一個縫隙，可以思前想後，為自己的想法，整理出一些頭緒來。

中國的婦女，在這方面沒有美國婦女那樣的積極，三十五歲，也許正是丈夫的事業開始穩定，兒女開始入學，經過了寒窗苦讀，或辛苦奮鬥，此時正是享受成果的時候。有人開始撿起自己的嗜好，繼續發揚，有人回學校選課，有人逛街串門，有人無所事事的遣散輕愁……

還有更多的人，更多的家庭，正在為接養父母來美長住，或配合中西文化、生活習俗而牽腸掛肚，而努力適應的時候。

無可否認，三十五歲，對於一個人是充滿挑戰的年齡。

如何去接受這個挑戰？

如何去運用自己的智慧？

如何去安排自己的生活？

都是發人深省的問題。

當時間悄悄的從我們腳邊溜走，在忙碌中，驀然回首，多少會興起一些迷茫和感嘆。也許，一點心思、一點努力和一點執著，會使我們的通道裡，留下來一點痕跡，而這本*Passage*，更是一個借鏡，一個參考，在前仆後繼，別人的跌跌撞撞中，看到了一般中年人（尤其是婦女）的心路歷程，也許因此可以避免成長中跌傷撞破的苦痛。

當然，人是要不斷成長的。

誰說成長是孩子們才有的經驗？

一九七九年春於嘉麗小築

過猶不及

剛從海濱渡假回來，看那些曬得紅蝦似的紅男「紅」女，心中總覺非常好笑，因為我想起了聽過的一則笑話。

據說上帝造人時，白種人在烤箱中未到火候就取出，故呈白色，黑人則烤過了頭，黃種人正是烤得恰到好處，因此膚色均勻。

當然這只是笑話，但看白種人的易於受日光灼傷，以及日曬後毛髮的脫落變色等現象看來，他們的皮膚實在不及我們健康。

近年來日光浴已成了時髦的象徵。夏天，曬得一身古銅色或赤褐色，代表著一種健美外，也顯示著你是有閒有錢的階級。朋友們看到了，總帶

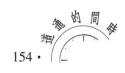

份誇張和羨慕的口吻說：「看！這一身漂亮的膚色，到那渡假去了？」……於是話題就滔滔不絕了。

中國婦女對日光浴沒有美國人那麼熱衷。我們一向不太注重戶外活動，所以婦女們比較愛靜，女孩子被教養得文文弱弱地，並有「一白遮三醜」之說，因此體力上遠不如美國婦女強壯。但是在美國住久了的主婦們，也不再那麼弱不禁風了，種菜、除草、養花還要處理家務，環境迫得妳不得不強壯、能幹，反而覺得生活中充滿了挑戰和生趣。

在美國住得越久，越喜愛我們東方人固有的哲理和文化，尤其是東方婦女的嫻靜中透露的雋智和堅強，當美國婦女在高喊女權運動時，中國太太也許還在家倒茶給先生喝呢！而當隔壁的美國太太，在揮汗推草時，中國太太說不定正閒閒的靠在沙發上看報！有許多事，是不必爭的，誰做得了誰就做，難道一個家庭之內還要分得一清二楚嗎？

許多事和日光浴一樣，過猶不及，曬太久了，會灼傷皮膚之外，說不定有得皮膚癌的危險。若為了怕曬黑而整天躲在屋內，不免因缺乏陽光而得蒼白症（缺少維他命D）。所以，我們既不必趕時髦去追求時代的潮流，也不必把自己變成井底蛙，能保持自己一份膚色外，再有一層薄薄的日曬亦無妨，為了怕曬黑而打傘，或為了要曬黑而躺在日光下熱烤，都是違反自然的行為，還談什麼美呢？

於北卡州嘉麗小築

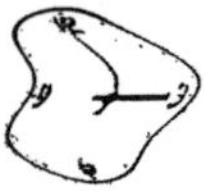

海闊天空

最近一對與我們私交甚篤的夫妻，在結婚十二年之後，宣告分居。

她告訴我這個決定時，我真是不敢相信。猶記得不久前在她家晚宴時，夫妻倆親密得如膠似漆，那時她還告訴我：「我們一直是相愛的，這是最可貴的。」

而現在，她卻堅持分居。

「有什麼原因嗎？」我問她。

「我厭倦了，這就是原因。」她不停的吸著煙。

「什麼事厭倦呢？有沒辦法補救？」

「十二年來，我為丈夫，為兒女活著，從現在我要為自己而活了。」

「妳要為自己而活，但是妳和丈夫、孩子在一起，就不能有自己嗎？」我想找出點問題的癥結。

「不能！」她果斷的說：「我要有我自己的想法、做法、生活方式，以及教育孩子的主張，我受夠了爭執！」

清官難斷家務事，我並不想去勉強她收回這場破局。她丈夫在她堅持下，搬出去了，孩子由母親撫養，父親每月付贍養費，一個原本和樂圓滿的家庭，就此破碎。

本來兩個彼此不能和諧生活在一起的人，分開比勉強生活在一起還能安寧過日子，問題是這樣的付出，是否值得？她仍要上班、做家事、教育兩個稚齡的孩子，她有多少時間為自己而「活」？她丈夫曾建議她，不妨一個人去海濱或山裡，安安靜靜的享一個月福，也許更有益些，但是她固執的不肯接受。

我不相信天下沒有不爭論、不吵嘴的夫妻。人與人之間的瞭解，往往經過討論、辯論，甚至爭論而使彼此想法溝通。兩個共同生活的人，看法及想法上，難免有差異，能夠平心靜氣的討論固然好，如免不了有爭執，也不必兩人頂在死角上，互不相讓。「退一步，海闊天空」，也許不合積極的時代潮流，卻是為個人、為家庭，甚至為社會的和諧，留下許多餘地。

「為自己而活」，多美！多麼令人嚮往！我也常常想，如果我能丟下家事、責任、丈夫、孩子，隨心所欲也挺愜意的，但是，我又想，如果長此以往，也許我會失去生活的目標，我找誰來分享我的快樂和憂愁？我可以寫作、讀書、旅行、做事，但，這一切又為了什麼？不要站在丈夫的陰影裡，不要讓家事剝削了妳的才華……這都是一再被強調。問題是，如果妳願意有一點陰影遮遮太陽呢？或者是兩人根本是互相遮陰擋風雨的呢？至於才華，家事做得好，也是一種才華哩！只是很少人看做才華罷了。

人，既是團體的動物，又不能離群索居，那麼就勇敢的活下去吧！為自己而活也罷，為丈夫、兒女而活也罷，都只是一種形式而已，重要的是，活得硬朗、快樂，活得順乎自己的性情和方式。世界上，本無放諸四海而皆準的模型去適合於每一個人的婚姻生活，因此，有些個案及新穎的理論，也就未必適合於每一個人。有時候，新的觀念和潮流，和衣服一樣，只是一種時尚，我們可以欣賞、比較，卻不必迎合。有人舊衣服越穿越舒服，有人從新衣服中發現了適合自己身材的樣式，這都隨人而異。我們做為現代人，應該有這種胸襟，能接受新的觀念，也能不為新觀念所惑而丟棄原有的想法和立論，能讓新、舊觀念，在腦中衝擊、沉澱，才會產生自己思想的結晶。

我雖很為我的朋友遺憾，但仍希望她過了這一段婚姻的倦怠期後，會悟出一些她自己的想法和看法來。那時不管她決定離婚或團圓，都不會那

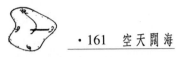

麼苦惱、迷惑。

一九七八・嘉麗

心境

我辦公室的女同事們，決定這個週末「離家」出走，到海濱過一個又吃又喝，又玩又唱，沒有丈夫和孩子，沒有碗盤和髒衣服的「愉快週末」。

早在一個月前，瑪麗安就興奮的告訴我，她借到了一個海濱別墅，有五房三廳，家具、碗盤一應俱全。「才一百二十五元，」她問我：「去不去？」

我當然很想去，但是先生出城開會去了。「誰看孩子？」我問他們。

「哦！可憐的。」她們裝著很同情的樣子。

我相信，每位婦女都需要有這樣一個假期，離開固定而規律的生活環境，調劑一下身心，刺激一下總在同一個圈子流轉的大腦，在思考的獲得上，應該是有很大的激勵作用的。

常常聽到有人抱怨：「我如果待在家裡，一定會瘋掉。」

其實，家，或家事並不那麼可厭，可厭的是一成不變的規律，我們如果能偶爾打破一下規律，出去度度假，與朋友打打網球，看看電影，享受一下生活的情趣，無論做什麼事，也都比較有「趣味」些。

上班和家事，不都是規律而固定的循環？為什麼許多人捨家事而就上班？是不是因為上班有週末和假期，不去理它時，走出辦公室，頭一甩，什麼也不去想了。而家事是無休止的，沒有週末和假期的，只因為我們的心都放在「家」裡，所以那份「愛之深、責之切」的責任感，就把一些賞心悅目的情致蒙蔽了。

幾年前，我曾在連續聽了一位婦運改革者的演說之後，對她的堅持「婦女必須走出廚房」的論調，大惑不解，與她討論，爭論許久之後，仍不敢苟同她的論調，可又找不出適當的立論來反駁她，我一直思索這個問題。而今，終於有了答案，廚房，並不一定是限住婦女的才華所在，真正的絆腳石是自己的心境，若沒有一份對生活賦予創意的心境，每天一成不變的做同樣的事，想同樣的問題，談同樣的話……即使走出廚房，也未必會快樂的。而這份心境，卻是要自己去培養、創造的。

我並不是說我的同事們「離家」出走一個週末，就會有多麼大的獲得，說不定她們嘻哈一場，又回到了原來的生活圈子，但是，當她們赤足走到海灘上，迎著夕陽，面對著大海，腦中所想的，絕不會是丈夫和孩子、工作和家事，在那浪濤拍岸，沒人干擾的片刻，心靈的純淨，友情的誠摯，都不是忙碌的日常生活裡能輕易獲得的，而那份愉悅寧靜的心境，也更能回過來欣賞並感激自己所擁有的一切——包括家庭生活及生活中的瑣事。

那麼又何必走出廚房呢？

能時時保持一份愉悅的心境，創造一點生活的情趣，激勵一點思考的火花，廚房又豈能限制得了那海闊天空、廣大無邊的心境？

一九七八於嘉麗小築

任勞任怨

原本是一個可愛的假日。

璀燦的陽光，清脆的鳥叫，還有初綻春綠的樹芽。

誰不想衝出去，浴一身輕柔溫暖的春陽？

但是，你看，那一堆早餐的杯盤，那一把撒落的麵包屑，還有那一大疊《紐約時報》、《當日新聞》、《世界日報》、《聯合報》滿處皆是。而他們——老的、小的，全沉溺在報紙堆裡，只有老媽站在廚房、飯廳之間，不知該從何處著手收拾？

那份好心情，被洗碗槽的髒水沖走了。

想起阿婆，洗不完的碗盤、衣服、床單……。她總是一個人忙、忙、忙。

想起母親，她總是全家第一個起床，最後一個才休息的人。

不曾聽過她們抱怨什麼？

我一定是沒有慧根的人，我不能體會任勞任怨的犧牲意義。

能夠任勞又任怨的人，一定是個聖人或愚人。

我不是聖人，也不是愚人，我只是一個平平凡凡的常人，我喜歡分工合作，我不喜歡一個人任勞任怨，做得腰痠背痛。

我把廚房清理好了，看看屋內那一堆零亂，看看屋外院子裡去冬殘留的落葉枯枝，我跟十歲的兒子說：

「我們去把院子理一理吧！」

他欣然同意。

我跟老爺說：

「天氣這麼好，真想到外面跑一跑。」

大自然是他的情人，果然！

「那我們等一下帶孩子去湖邊走走。」

我指指屋內屋外的工作，「事情那麼多，總得做完了才安心郊遊吧？」

他長長的哦——了一聲，很莫可奈何的放下報紙。「那我們就一起動手吧！」說著就領著兩個小跟班去整理院子了。

我常在想，我如果生在舊式的中國家庭，一定不能博得公婆歡心，因為連任勞任怨的美德都做不到。

人們喜歡用任勞任怨來形容偉大的女性，於是女性被塑造成一個只會做事不會說話的人，任勞可以，任怨大可不必，感謝知識傳播，讓女人也有機會睜開眼睛看看外面的世界，打開心靈，吸取各種知識，那一個靈秀的腦子，除了食譜菜單外，不僅容得下丈夫、孩子的生活，還容得下自己的嗜好和娛樂，看，家園版那一篇篇字字珠璣的佳構，不都是洗碗、縫衣、相夫教子之外的心靈獲得？

婦女的美德，不該只是任勞任怨而已，更應該能安排生活，享受生活的情趣之外，還能吸取知識，發揮自己的長處，這樣的人生，才能美滿和諧。

一九七八・春・嘉麗小築

走路

晚飯後，瑩帶著她剛滿一歲的女兒來串門兒，一見了我，就說：

「囡囡會走路了。」語氣中沒有我想像的興奮。

胖胖圓圓的囡囡，馬上掙脫母親的懷抱，急於展示她的新技。

「真快，沒想到生下來時紅冬冬的一個小娃兒，現在已經會走路了。」我說。

「就是嘛！可是她的走路卻是在保姆家學會的，她的第一步也沒等我在家時再開始。」

我不禁笑出來。

「以後妳要教她走的路子還多著呢！」我雖然試圖抹去瑩的悵惘，但是同樣身為母親，我也了解孩子的第一聲呼喚、第一步路，對母親是多麼大的滿足。

瑩是一個聰明而有慧根的女孩子，她的丈夫還差一年才能得博士學位，為了維持生活，她得了碩士以後，就沒再攻讀學位，一心一意身兼主婦與職業婦女。

小女兒的誕生，使她困擾了一陣。「我太愛她，可是這個班又非上不可。」她說。「值得嗎？」

「如果是一個好母親，妳就是上了班，也還是位好母親。如果不是個盡職的母親，妳一天二十四小時守在孩子身旁，也不見得能給孩子什麼。」我說的是我自己也曾經想過許久而得的結論。

「不是每個人都能做一個合格的母親，我們不過盡力而為罷了。」我想起了自己有時心煩氣躁時，對孩子的不耐，有時專心寫稿時，對孩子的敷衍了事。也曾看過成天在家陪母親逛街或看電視的孩子。孩子的成長，應不在乎那第一聲呼喚或第一步路，而是在於父母對他付出了多少愛和關懷，他成長的路很長，你如能在他需要時給予援手，給予指示，他的步子才會穩健，他跌倒了，也才會爬起來。

瑩的例子，多少喚起了我自己也曾有過的困擾，不同的是，我在孩子未滿兩歲前，盡可能自己帶。等到他們需要玩伴時，我也就重拾我的紙和筆，開始在自己的世界裡享受樂趣。

在婦女就業率逐漸增高的今天，不管出外或在家工作，都應該受到同樣的尊重，每一個人有每一個人不同的理想和生活方式，我想提醒自己的是千萬不要為了應付生活，而忽略了對家庭的愛心，特別是一位主婦，廚房不應該限制了她海闊天空的抱負。

永不會太晚

——由一首小詩引起的

書桌上有一首小詩，是我從報上剪下來給我自己欣賞，也給自己時時警惕的一位母親的心聲——翻譯如下：

我成長的孩子　　無名氏

我的手曾經忙碌不停，
我沒有時間陪你遊戲，
我忙著為你洗衣、燒飯

當你拿著小書，要我分享快樂，
我說：「乖！等一下，媽媽太忙。」
夜晚，我聽你低禱，為你蓋被，我多麼希望曾在你房中伴你入眠。
因為——
逝去的，都已不再回來，
那小小孩兒已經成長，
不再牽扯衣角，要你分享快樂，
小書已丟棄，遊戲也荒廢，
睡前的親吻和晚禱不再，
曾經忙碌的手，如今無所適從，
日子變得漫長而枯燥，
我多麼希望，
時光倒流，讓我們再在一起玩那小小的遊戲，唸那動人的故事。

詩句很平凡，也很真實，它道出了一位兒女成長離家後，母親的寂寞和空虛。

曾經聽到許多比我年長的朋友在抱怨，孩子小時，又忙又累，既貪玩又貪睡，如今孩子成長了，卻剩下一大把時間無法排遣。做事，早已把所學丟棄，如今無一技之能，再學新知，又恐有八十歲學吹喇叭之嫌，這真是惱人的問題。

做一位母親，尤其是盡心盡職的好母親，真不是一件簡單的事，要把孩子餵飽、穿暖之外，還要照顧到孩子的心智發展，一天二十四小時已不夠支配，如何有閒暇進修？轉眼孩子成長了，上學了，才驚覺到自己和時代脫了一大節。

我倒是覺得無論學什麼，只要有興趣，應該永遠不會嫌晚的，美國在成人教育方面尤其普遍，用很低的學費，可以學到自己一直想學而沒時間學的技能，像彈琴、繪畫、刺繡、美術以及各種打字、簿記、電腦等，不僅可以養成自己學習的興趣，也可以結交許多相同嗜好的朋友。如果不願上學，也可參與社區的義務工作，心理有了寄託，日子也就輕鬆愉快了。

我有位忘年之交，已近六十歲，她曾跟我說，以前孩子小時，真是貪睡，早上起不來，半夜起來，為孩子蓋被也是匆匆忙忙，盡義務而已。如今，年紀大了，天未亮就醒，日子突然變得好長，後來開始學畫，從最基本學起，現在已時時有佳作送給朋友了，真是意外收穫。

天下事，大概都有一個定數的，年輕時，拖兒帶女，牽牽扯扯，真是恨不得一口氣把孩子吹大，但是孩子長大了，又徬徨若有所失。其實，急有什麼用，不如在養兒育女之餘，也抽空培養自己一些興趣，人生長長遠遠，學什麼都永遠不會太晚的。年輕時，能享受兒女們的嬌憨純稚，就多珍惜這份做母親的甜蜜吧！孩子們長大後，都有了他們的世界，那時，再一樣樣重拾舊好，發展潛能，說不定還會有小小成就哩！

一九七八年於北卡嘉麗小築

（代跋）人間有愛月長圓

——聆簡宛詮釋愛有感

張純瑛

談「人間有愛」，有誰比簡宛更合？因為，她實在是一個集人間之愛鍾毓一身的女子。

身為七個子女中的老大，父母未曾重男輕女或厚此薄彼而減損對她的關愛；正是這般的公平無偏，使他們的大家庭父母、子女、手足間格外親愛無間。婚後，與夫婿志趣相投，彼此相知相賞，感情融洽數十年未變，是文壇出名的神仙美眷。兩個兒子俱是名校出身，與父母間毫無代溝。簡宛在文壇的人緣也是一級棒，堪稱「知交滿天下」。然而，簡宛不以獨善其身自滿，六年前於北卡成立美洲第一個書友會，歷年來復透過洪建全基金會與臺灣數十個書友會保持連繫，推廣讀書風氣。因此，簡宛文章總是予人溫馨光明的感覺。這一切固然可以歸諸「得天獨厚」的福報，我們卻不能忽略簡宛本身的修養歷練。且從簡宛對愛的詮釋裡學得人世一課。

簡宛以三個圓為例，闡釋人際關係。「所謂的人生三圓即我、你、他。第一個圓圈是我，一個獨一無二的個體；第二個圓圈是你，包括配偶、家人、朋友、同事等；第三個圓圈是他，包括了家庭、社區、社會，以及所處環境和關心的外圍世界。人間之愛，一言以蔽之，就是愛人與愛己。」

簡宛先談愛人：「不像銀行存款越支出越少，我們對別人付出的關愛越多，收穫卻越豐富。每個人心中都有無限的愛，然而深埋心底，久而久之就會麻木無感。尤其是含蓄內斂，不擅表達感情的中國人，有愛卻難令人感受，很多子女就抱怨中國父母從不摟抱輕吻他們。事實上，西方人擅於表達愛意，他們的愛如陽光般耀眼奪目；中國父母的愛正像空氣，看似不存在，實則無所不在地包容環繞著子女，因此我們需要學習表達愛意的方式，例如：溝通、尊重、傾聽等等。所以人際關係中，若個人主觀強，太早下結論，斷章取義用主觀定見去批判家人或朋友不是良好的溝通之道。若用開放性的態度而非結論式的語氣溝通詢問，就可以減少衝突，譬如說，先生夜歸，妻子氣沖沖地說：『這麼晚回來，我就知道你沒幹甚麼好事。』兩人便會鬧得不愉快，不如以體貼婉轉的口氣探問較能促進家庭和諧。」

「倒空胸中定見，才有虛心去容納別人，瞭解別人。更要去掉妒忌心、計較心，以及種種框框的束縛與人相處，才有深廣的包容力。」簡宛一直覺得中國字的「比」很有意思，「比是兩把匕首，傷人也傷己。世界何其寬廣，人人都有獨特的長處與短處，與其互相比較、競爭，不如彼此寬容、欣賞。」名作家琦君以「平易真摯」形容忘年交簡宛，的確，簡宛相信以真誠的態度與人分享真實的感情，必會引起共鳴。

再說愛己。簡宛提醒大家在為家庭任勞任怨付出之餘，也不要忘記愛自己，「為自己留一些空間，從學習中改變、成熟、成長。」簡宛以自己為例，談到當年在康乃爾大學陪先生讀研究所，曾在康大的圖書館做基層工作貼補家用。她原本滿足現況，對於未來沒有長遠的規劃。可是，丈夫及許多朋友，包括當天也在座的葉潛德，常常鼓勵她進修。由於懷抱著再唸書的夢想，雖然經濟拮据，日子卻過得很踏實。等到先生去北卡州大任教職，她就重回課堂，取得教育碩士學位。簡宛以英國學者Miller說的話：「你願像豬一樣快樂，還是像蘇格拉底一樣憂愁？」為例，提到因為人會思考，自然會在快樂與煩惱之間擺盪。然而，思考使視野擴展，尋得自信快樂。「中國人其實是E.Q.(情緒商數)很高的民族，注重人際關係；中國傳統女性比較沒有自我，一意為家庭子女犧牲奉獻。這些情形往往壓抑個人的發展空間。」有些家庭主婦容易陷入情緒低潮，覺得缺乏成就，就是因為她們只為家人付出，沒有築夢、逐夢的動力。所以簡宛常常鼓勵她們在寫作、讀書等興趣上追求成長。

無論愛人或愛己，都必須時時反躬自省。簡宛建議大家製作自我觀照卡，在一張卡片的四角寫上愛、恨、懼、夢之最，供自己改進參考。愛要如何表達？恨與懼如何克服？夢是內我與外在的平衡，如何追尋？「教育理論認為人生有原我、自我、超我三層境界。原我就是孩童般的本性，自我是原我的進一步修改，超我則是超越自己。自我觀照卡正是幫助個人超越自己的工具。」

「總而言之，豐盈的人生必須三圓共存。只有自我認知的圓太寂寞，只有家人和別人的圓不平衡。理想人生應該是除了自己，又有別人，更有家庭和社會的參與，使大大小小的圓與圓之間，透過心與心的關懷，構成豐盈、充實的三個同心圓。」

學教育的簡宛相信，演講應該和教學一樣，雙向溝通比單方面的長篇大論更富啟發性，所以僅以三十分鐘完成演講，保留大量的時間讓聽眾發問討論。這正是簡宛素持的人際互相尊重，傾聽學習的理念。

中國人以「月有陰晴圓缺」來映照人世的缺陷遺憾。簡宛對愛的體認，讓我想到人間其實是可以人長好，月長圓，端視你如何愛人愛己。狄更斯《聖誕頌歌》中的守財奴，守著一屋子的錢財卻空虛苦痛；一旦覺悟自己的鄙吝可憎，大舉散財，反而獲得心靈的平和甘甜。財可能越散越少，愛卻是源源不絕的心頭活水，你付出的關愛越深越廣，獲得他人的回饋感應也越多越厚。既不孤芳自賞地封閉在象牙塔裡，也不在群體的陰影下失去自我，這樣的平衡心態，必可讓你享受到簡宛的人間情愛。

三民叢刊書目

①邁向已開發國家　孫　震著
②經濟發展啟示錄　于宗先著
③中國文學講話　王更生著
④紅樓夢新解　潘重規著
⑤紅樓夢新辨　潘重規著
⑥自由與權威　周陽山著
⑦勇往直前
　・傳播經營札記　石永貴著
⑧細微的一炷香　劉紹銘著
⑨文與情　琦　君著
⑩在我們的時代　周志文著
⑪中央社的故事（上）
　・民國二十一年至六十一年　周培敬著
⑫中央社的故事（下）
　・民國二十一年至六十一年　周培敬著
⑬梭羅與中國　陳長房著
⑭時代邊緣之聲　龔鵬程著
⑮紅學六十年　潘重規著
⑯解咒與立法　勞思光著
⑰對不起，借過一下　水　晶著
⑱解體分裂的年代　楊　渡著
⑲德國在那裏？（政治、經濟）
　・聯邦德國四十年　郭恆鈺　許琳菲等著
⑳德國在那裏？（文化、統一）
　・聯邦德國四十年　郭恆鈺　許琳菲等著
㉑浮生九四
　・雪林回憶錄　蘇雪林著
㉒海天集　莊信正著
㉓日本式心靈
　・文化與社會散論　李永熾著
㉔臺灣文學風貌　李瑞騰著
㉕干儛集　黃翰荻著

㉖作家與作品　謝冰瑩著
㉗冰瑩書信　謝冰瑩著
㉘冰瑩遊記　謝冰瑩著
㉙冰瑩憶往　謝冰瑩著
㉚冰瑩懷舊　謝冰瑩著
㉛與世界文壇對話　鄭樹森著
㉜捉狂下的興嘆　南方朔著
㉝猶記風吹水上鱗
・錢穆與現代中國學術　余英時著
㉞形象與言語
・西方現代藝術評論文集　李明明著
㉟紅學論集　潘重規著
㊱憂鬱與狂熱　孫瑋芒著
㊲黃昏過客　沙　究著
㊳帶詩蹺課去　徐望雲著
㊴走出銅像國　龔鵬程著
㊵伴我半世紀的那把琴　鄧昌國著
㊶深層思考與思考深層
・轉型期國際政治的觀察　劉必榮著
㊷瞬　間　周志文著
㊸兩岸迷宮遊戲　楊　渡著
㊹德國問題與歐洲秩序　彭滂沱著
㊺文學關懷　李瑞騰著
㊻未能忘情　劉紹銘著
㊼發展路上艱難多　孫　震著
㊽胡適叢論　周質平著
㊾水與水神
・中國的民俗與人文　王孝廉著
㊿由英雄的人到人的泯滅
・法國當代文學論集　金恆杰著
51重商主義的窘境　賴建誠著
52中國文化與現代變遷　余英時著
53橡溪雜拾　思　果著
54統一後的德國　郭恆鈺主編
55愛廬談文學　黃永武著
56南十字星座　呂大明著
57重疊的足跡　韓　秀著
58書鄉長短調　黃碧端著
59愛情・仇恨・政治
・漢姆雷特專論及其他　朱立民著

60 蝴蝶球傳奇　顏匯增著

・真實與虛構

61 文化啓示錄　南方朔著

62 日本這個國家　章　陸著

63 在沉寂與鼎沸之間　黃碧端著

64 民主與兩岸動向　余英時著

65 靈魂的按摩　劉紹銘著

66 迎向眾聲　向　陽著

・八〇年代臺灣文化情境觀察

67 蛻變中的臺灣經濟　于宗先著

68 從現代到當代　鄭樹森著

69 嚴肅的遊戲　楊錦郁著

・當代文藝訪談錄

70 甜鹹酸梅　向　明著

71 楓　香　黃國彬著

72 日本深層　齊　濤著

73 美麗的負荷　封德屏著

74 現代文明的隱者　周陽山著

75 煙火與噴泉　白　靈著

76 七十浮跡　項退結著

・生活體驗與思考

77 永恆的彩虹　小　民著

78 情繫一環　梁錫華著

79 遠山一抹　思　果著

80 尋找希望的星空　呂大明著

81 領養一株雲杉　黃文範著

82 浮世情懷　劉安諾著

83 天涯長青　趙淑俠著

84 文學札記　黃國彬著

85 訪草（第一卷）　陳冠學著

86 藍色的斷想　陳冠學著

・孤獨者隨想錄

A・B・C全卷

87 追不回的永恆　彭　歌著

88 紫水晶戒指　小　民著

89 心路的嬉逐　劉延湘著

90 情書外一章　韓　秀著

91 情到深處　簡　宛著

92 父女對話　陳冠學著

⑼陳冲前傳　嚴歌苓著
⑼面壁笑人類　祖　慰著
⑼不老的詩心　夏鐵肩著
⑼雲霧之國　合山　究著
⑼北京城不是一天造成的　喜　樂著
⑼兩城憶往　楊孔鑫著
⑼詩情與俠骨　莊　因著
⑽文化脈動　張　錯著
⑽桑樹下　繆天華著
⑽牛頓來訪　石家興著
⑽深情回眸　鮑曉暉著
⑽新詩補給站　渡　也著
⑽鳳凰遊　李元洛著
⑽文學人語　高大鵬著
⑽養狗政治學　鄭赤琰著
⑽烟　塵　姜　穆著
⑽河　宴　鍾怡雯著
⑾滬上春秋　章念馳著
⑾愛廬談心事　黃永武著

⑾吹不散的人影　高大鵬著
⑾草鞋權貴　嚴歌苓著
⑾是我們改變了世界　張　放著
⑾夢裡有隻小小船　夏小舟著
⑾狂歡與破碎　林幸謙著
⑾哲學思考漫步　劉述先著
⑾說涼　水　晶著
⑾紅樓鐘聲　王熙元著
⑿寒冬聽天方夜譚　保　真著
⑿儒林新誌　周質平著
⑿流水無歸程　白　樺著
⑿偷窺天國　劉紹銘著
⑿倒淌河　嚴歌苓著
⑿尋覓畫家步履　陳其茂著
⑿古典與現實之間　杜正勝著
⑿釣魚臺畔過客　彭　歌著
⑿古典到現代　張　健著
⑿帶鞍的鹿　虹　影著
⒀人文之旅　葉海煙著

⑬1 生肖與童年　小民著　喜樂圖
⑬2 京都一年　林文月著
⑬3 山水與古典　林文月著
⑬4 冬天黃昏的風笛　呂大明著
⑬5 心靈的花朵　戚宜君著
⑬6 親戚　韓秀著
⑬7 清詞選講　葉嘉瑩著
⑬8 迦陵談詞　葉嘉瑩著
⑬9 神樹　鄭義著
⑭0 琦君說童年　琦君著
⑭1 域外知音　張堂錡著
⑭2 遠方的戰爭　鄭寶娟著
⑭3 留著記憶・留著光　陳其茂著
⑭4 滾滾遼河　紀剛著
⑭5 王禎和的小說世界　高全之著
⑭6 永恆與現在　劉述先著
⑭7 東方・西方　夏小舟著
⑭8 嗚咽海　程明琤著
⑭9 沙發椅的聯想　梅新著
⑮0 資訊爆炸的落塵　徐佳士著
⑮1 沙漠裡的狼　白樺著
⑮2 風信子女郎　虹影著
⑮3 塵沙掠影　馬遜著
⑮4 飄泊的雲　莊因著

⑮⑤ 和泉式部日記

林文月 譯・圖

本書為日本平安時代文學作品中與《源氏物語》、《枕草子》鼎足而立的不朽之作。書中以簡淨的日記形式，記錄了一段不為俗世所容的戀情。優美的文字，纏綿的情詩，展現出愛情生活中細膩的起伏感受與歡愁，穿越時空，緊扣你我心弦。

⑮⑥ 愛的美麗與哀愁

夏小舟 著

愛情之於女人，常常是引誘飛蛾撲火的明燈，是絢麗的毒花，可女人偏偏渴望愛情。作者列舉許多男女的愛情、婚姻故事，郎才女貌未必幸福，摯情摯愛未必有緣，只是男人與女人之間如同萬物的規則，一物降一物，鹵水點豆腐，魔高一尺，道高一丈。

⑮⑦ 黑月

樊小玉 著

丁小玎隨著所在的中國公司到國外做勞務承包。因為是公司的英語翻譯，加上辦事勤快，見了人又總是一個柔柔和和的笑，於是很快就引起當地大部分男人的注意；而小玎能否在心儀的外交人員與愛慕自己的餐廳老闆間找到最後情感的歸宿？……

⑮⑧ 流香溪

季仲 著

作者透過一群「沿江吉普賽人」在流香溪畔發生的動人故事，牽引出現代觀念與傳統文化的價值矛盾、中日文化的碰撞衝突、人與自然的挑戰，以及善與惡的拉扯等；全書行文時而如行雲流水，時而又如波濤洶湧，讀來意趣盎然，發人深省。

⑮ 史記評賞

賴漢屏 著

司馬遷《史記》一三〇篇，既是「究天人之際，通古今之變」的史學鉅著，也是我國古代傳記文學的精華。本書作者自幼即喜讀《史記》，從師學習，如今蘊藉已深，以其深厚的治學基礎，發為見解獨具的文采丰華，帶領讀者一探《史記》博雅的世界。

⑯ 文學靈魂的閱讀

張堂錡 著

文學的力量使孤寂的心靈得到慰藉，貧乏的人生變得富有，唯有肯駐足品味的人才能透晰其所傳達出最深藏的祕密。本書共分三輯，窺視文學蘊含的殷情深意；感受其求新求變以及對大環境的價值。各自激發不盡的聯想與深沈的感動。

⑯ 抒情時代

鄭寶娟 著

在平淡無奇的生活中，你可曾留意生命中點點滴滴不平凡的小故事？作者以其平實的筆觸，刻劃出看似平凡卻令人難以遺忘的人生軌跡，你我都可能身在其中。書中情節所到之處，或許平凡、或許悲傷，但卻也不時充滿著生命的躍動，值得細細體會。

⑯ 九十九朵曇花

何修仁 著

人生有多少夢境會在現實中重複出現？是山間的樵歌？白雲間的群雁？還是昔日遠方純樸、悠閒的鄉間漫步？作者來自屏東，以濃郁深摯的筆調，縷縷細述人生中最動人的記憶，伴隨你我，步履於南臺灣的舊日情懷，一同感受人間最純摯的情感。

⑯③ 說故事的人

彭歌 著

這是作者多年來觀察文壇、社會與新聞界的肺腑之言。輯一故事與小說自不同角度探討小說寫作；輯二人與文刻劃出許多已逝人物卓然不凡的風範；輯三海外生涯則寫遊記、觀賞職籃等旅居海外之觀感。讀了此書，彷彿親身經歷了一趟時空之旅。

⑯④ 日本原形

齊濤 著

從明治維新以來，日本的一舉一動都對世界有著深遠的影響，尤其對臺灣來說，其影響更是巨大。作者長期旅日，摒除坊間「媚日」或「仇日」的論調，以客觀的描述，剖析日本的現形。對想要了解日本時勢與脈動的人來說，是不得不看的一本好書。

⑯⑤ 從張愛玲到林懷民

高全之 著

作者以嚴謹誠虔的態度，客觀分析的筆調，來評論臺灣當代小說，深深讓讀者了解近代文學的特點，進而深入九位作者的作品中，提供一些深刻的創見，帶領你我欣賞文學的美與實，進而體驗文學對生命喜悅、悲哀等生動的描述。

⑯⑥ 莎士比亞識字不多？

陳冠學 著

莎士比亞識字不多！一直以來被誤認是個偉大的作者。讀過本書，應能還莎士比亞一個清白，他絕對不是一個掠美者。這把聖火在臺灣重新點燃，希望將來這聖火能夠由臺灣再度傳回英國，傳到世界各地，也好讓莎士比亞的靈魂得到真正的安息。

⑯⑦ 情思・情絲

龔華 著

「妳，像野薑花；清香，混合在黎明裏，催我甦醒。沒有妳，我睜不開眼睛，走進陽光的世界。她，是我在黃昏裏，永遠踩不到的影子。像夜來香，惑我走進黑夜的濃郁……」本書集結了龔華在〈中副〉發表的散文，篇篇情意真摯，意境深遠，值得細細品味。

⑯⑧ 說吧，房間

林白 著

一個是離婚、失業的中年婦女，一個是愛熱鬧的單身貴族。兩個背景、個性迥然不同的女子，為何會發展出一段患難與共的交情？且看兩個女子的心情告白。本書在作者犀利細膩的筆調下，深刻描繪出都會女子的愛恨情仇、悲歡離合，值得細細品味。

⑯⑨ 自由鳥

鄭義 著

六四事件的悲憤情緒才剛平復，對八九民運功過的批判聲音竟已隨之響起。對此，大陸流亡作家鄭義，以一幕幕民運歷程與鐵幕紀實，申訴著他的心痛與不平。文中流露對同胞的關懷和自由的嚮往，深深地牽引著每一個中國人心中的沈痛與感動。

⑰⓪ 魚川讀詩

梅新 著

詩是抒情的天堂，但並非每個人都能領會其中的意涵。本書是梅新先生的遺作，首創以雜文式的筆調評論詩作，不依恃理論，反而使篇章更形活潑，有就事論事的評述，也有尖銳的諷喻，語帶機鋒，趣味盎然。引領您一窺知性與感性的詩情世界。

⑰1 好詩共欣賞

葉嘉瑩 著

本書作者葉嘉瑩教授，融會西方接受美學、符號學及中國詩論，來解讀陶淵明、杜甫、李商隱的作品，分析了三人作品的形象、情意和其中所含的隱微深意，並從興發感動讀者的角度來詮釋作品的成功與否，是喜愛古典詩的讀者不可錯過的好書。

⑰2 永不磨滅的愛

楊秋生 著

現代人的生活壓力大，使得人生危機四伏，生活充滿徬徨、疲倦和無力感。如何化解此一危機？作者以多年學佛的體驗，以及和家人朋友互動的點點滴滴，而了解到愛的真義，並希望能將愛分享給每個人，以重燃信心和希望。

⑰3 晴空星月

馬 遜 著

大崙山上，晴空萬里，夜色如銀，星月交輝。作者因佛緣，追隨曉雲法師的步履，出掌華梵大學，以發揚佛教教育為己任。本書除叮嚀青年學子的話語外，還有對社會大眾闡發佛法精神的演講。其智慧的話語，如醍醐灌頂，為淨化心靈的一帖良方。

⑰4 風 景

韓 秀 著

韓秀，一個出生於紐約，卻長年往返於世界各地的奇女子。在雅典、在開羅、在布達佩斯、在臺北、在高雄、在北京，作者皆能以其敏銳的心觀察她所造訪過的每一寸土地，以其向具纖細的筆觸，使一幅又一幅的動人「風景」躍然出現在您的面前！

⑰談歷史　話教學

張　元　著

作者以二位高一新生對歷史課程的困惑為引子，藉著師生座談對話的方式，從北京人時代到西晉，針對高中歷史教材，試圖以「史料閱讀」的方法鮮明地建構各代的歷史圖像，在活潑的對白間既談歷史意涵又話歷史教學，相當適合高中教學的參考。

⑰兩極紀實

位夢華　著

任何人想要親臨兩極之地恐怕都不是件容易的事。作者因從事研究工作之便，足跡跨越兩極，將在極地所見所聞之動物奇觀、自然景致乃至當地所受文明衝擊，或以幽默輕鬆，或以深沈關懷的筆調娓娓道來，是無緣親至極地的讀者絕不可錯過的佳作。

⑰遙遠的歌

夏小舟　著

世上只有兩種人，男人和女人。然而男女之間的恩愛情仇，卻糾葛難解。本書作者以一篇篇幽默的短篇故事，道盡世間男女的愛恨嗔痴。在她細膩委婉的筆下，愛情的本質和婚姻的面貌都一一呈現，必可帶給你前所未有的感受與體悟。

⑰時間的通道

簡　宛　著

「人生，是一條時間的通道，每一個人所走的方向和目標雖然不一樣，但是經過的路程卻是相似的……」當人們沈溺於歲月不待人的迷茫和感嘆時，作者平實的筆調將帶著我們對生活多用一點心思和一點執著，會使我們的「通道」裏，留下一點痕跡。

⑰ 燃燒的眼睛　簡宛　著

作者以自身多年來在美國的異域生活為背景，輔之敏銳的觀察力、豐富的情感、濃郁深摯的筆調，從而幻化出一篇篇感人肺腑的故事。尤其對於旅居海外異鄉遊子們的心境描寫更是深刻動人，是一本值得再三玩味的小說。

⑱ 月兒彎彎照美洲　李靜平　著

沒來美國時還不知那生活啥款；來了才知樣——啊！真夭壽！來到美國，是穿梭在黑白紅黃人群間；或在房裡看華語電視？是在壁爐邊吃耶誕大餐；還是窩伴著一桌熱火鍋？在忙碌的陽光下，可想起夜空裡一彎新月？月兒彎彎，訴說的又是誰的故事？

⑱ 愛廬談諺詩　黃永武　著

諺詩，是指用諺語聯成的詩，由於聯接巧妙加上意外組合，因此往往會有不可料想的妙趣出脫。如捉豬上板櫈，走馬看天花；成人不自在，做鬼也風流，等等。本書將帶你悠遊中國式幽默，探索諺語的源頭，喜愛好書的你，可千萬不能錯過！

⑱ 劉真傳　黃守誠　著

劉真，一位自四十年代開始影響國內教育最鉅的教育家。本書自劉真先生家學淵源寫起，隨著時間軌跡，記錄了他如何在風雨飄搖的年代裡為教育此類百年大業做出努力；因此雖然本書為劉真先生個人傳記，卻同時也是了解現今教育體制的最佳參照。

⑱天涯縱橫

位夢華　著

以兩極生態氣候的研究為基礎，作者建構了此書的論理與想像世界。內容從極地景致、開拓艱辛及天文物理觀念，引申至有關宇宙天人及環保的許多想法，包容科學與文學，兼具知性與感性。讓您在詼諧而深切的筆調中，激發對地球的關懷與熱愛。

⑱新詩論

許世旭　著

中國詩歌，無論新舊，是一座甘泉，若不掬飲，口渴神焦，……。作者係韓國人士，長年沈浸在中國文學之中，對於在中國新詩的源起及兩岸新詩風格的異同，均有獨到而精闢的見解。是讀者拓寬視野，更深入了解中國新詩之發展所必備的好書。

⑱天　譴

張　放　著

「一不埋怨天，二不埋怨地，只是咱家命不濟，生長在這亂世裡。」于祥生，一位山東流亡學生，民國三十八年隨政府搭乘濟和輪來到澎湖，卻萬萬沒料到會遭逢一場史無前例的政治騙局，他的人生、情愛就在這時代悲劇與宿命的安排下，無奈地上演。

⑱綠野仙蹤與中國

賴建誠　著

一本融和理性與感性的著作，以經濟分析的專業素養，將關懷的筆觸，延著供需曲線帶進閱讀的天空。那一篇篇翔實的數據，是驗證生活的另一種形式；那一篇篇雋詠的小品，則是理性思維的靠墊。不管你來自士農工商，本書都能提供一場知性洗禮。

⑱ 標題飆題

馬西屏　著

一個出色的報紙標題不僅要精簡準確地傳達新聞訊息，更要能表現文字的優美和趣味，這可是一門藝術。近年來報紙解禁，各種充滿巧思創意的標題紛紛跳上版面，等著要攫取你的注意。小心！一場報刊標題的革命正在編輯枱上悄悄進行……

⑱3 天涯縱橫

位夢華 著

以兩極生態氣候的研究為基礎，作者建構了此書的論理與想像世界。內容從極地景致、開拓艱辛及天文物理觀念，引申至有關宇宙天人及環保的許多想法，包容科學與文學，兼具知性與感性。讓您在詼諧而深切的筆調中，激發對地球的關懷與熱愛。

⑱4 新詩論

許世旭 著

中國詩歌，無論新舊，是一座甘泉，若不掬飲，口渴神焦，……。作者係韓國人士，長年沈浸在中國文學之中，對於在中國新詩的源起及兩岸新詩風格的異同，均有獨到而精闢的見解。是讀者拓寬視野，更深入了解中國新詩之發展所必備的好書。

⑱5 天 譴

張 放 著

「一不埋怨天，二不埋怨地，只是咱家命不濟，生長在這亂世裡。」于祥生，一位山東流亡學生，民國三十八年隨政府搭乘濟和輪來到澎湖，卻萬萬沒料到會遭逢一場史無前例的政治騙局，他的人生、情愛就在這時代悲劇與宿命的安排下，無奈地上演。

⑱6 綠野仙蹤與中國

賴建誠 著

一本融和理性與感性的著作，以經濟分析的專業素養，將關懷的筆觸，延著供需曲線帶進閱讀的天空。那一篇篇翔實的數據，是驗證生活的另一種形式；那一篇篇雋詠的小品，則是理性思維的靠墊。不管你來自士農工商，本書都能提供一場知性洗禮。

⑱⑦ 標題飆題

馬西屏　著

一個出色的報紙標題不僅要精簡準確地傳達新聞訊息，更要能表現文字的優美和趣味，這可是一門藝術。近年來報紙解禁，各種充滿巧思創意的標題紛紛跳上版面，等著要攫取你的注意。小心！一場報刊標題的革命正在編輯枱上悄悄進行……

國立中央圖書館出版品預行編目資料

時間的通道／簡　宛著. --初版. --臺
北市：三民，民87
面；　公分. --(三民叢刊；178)
ISBN 957-14-2831-0（平裝）

855　　87005177

網際網路位址　http://sanmin.com.tw

著作人　簡　宛
發行人　劉振强
著作財產權人　三民書局股份有限公司
臺北市復興北路三八六號
發行所　三民書局股份有限公司
地　址／臺北市復興北路三八六號
電　話／二五〇〇六六〇〇
郵　撥／〇〇〇九九九八——五號
印刷所　三民書局股份有限公司
門市部　復北店／臺北市復興北路三八六號
重南店／臺北市重慶南路一段六十一號
初　版　中華民國八十七年五月
編　號　S 85429
基本定價　貳元陸角
行政院新聞局登記證局版臺業字第〇二〇〇號

ISBN 957-14-2831-0（平裝）